BROUILLARD D'AUTOMNE

DU MÊME AUTEUR

ROMANS NOIRS

Sous le regard des élégantes (La Table Ronde).
Patte de velours (La Table Ronde).
Tueurs de flics (La Table Ronde/Petite Vermillon).
La Nuit des Chats bottés (La Table Ronde/Petite Vermillon).
La Théorie du 1 % (La Table Ronde/Petite Vermillon).
*Le Souffle court (*La Table Ronde/Petite Vermillon).
Polichinelle mouillé (La Table Ronde/Petite Vermillon).
Au-dessus de l'arc-en-ciel (La Table Ronde/Petite Vermillon).
Bleu de méthylène (Gallimard/Folio).
Clause de style (Gallimard/Folio).
Gentil, Faty ! (Actes Sud/Babel).
Sniper (Fayard), épuisé.
Le Faiseur de nuées (NéO), épuisé.
Querelleur (Denoël), épuisé.
L'adieu aux anges (Denoël).
Les Enfants de la lune (Denoël).
Le Loup d'écume (Albin Michel).

ROMANS

La Manière douce (La Table Ronde).
Des lendemains enchanteurs (Actes sud/Poche).
Au bord de la mer blanche (Gallimard).
Une charrette pleine d'étoiles (Gallimard/Folio).
Un homme en harmonie (Gallimard/Folio).
Jeunes femmes rouges toujours plus belles (Messidor), épuisé.
Frivolités d'un siècle d'or (Julliard).

Suite de la bibliographie en fin de volume.

Frédéric H. Fajardie

BROUILLARD D'AUTOMNE

Roman

Préface de
Jean-Paul Kauffmann

La Table Ronde
7, rue Corneille, Paris 6e

Première édition : Mazarine, 1985.

ISBN 2-7103-0834-7.

Fajardie, la théorie du projectile

J'ai connu Frédéric Fajardie un jour de l'été 1979. J'étais journaliste au Matin de Paris. *Je venais de lire son premier roman,* Tueurs de flics. *La foudre de ce livre, son humour exterminateur m'avaient enthousiasmé. Il me fallait connaître à tout prix cet auteur inconnu aux fins d'une enquête que je préparais sur le polar français. Il me reçut dans la librairie paternelle de la rue de Tolbiac entouré de ses sœurs et de sa femme Francine. Qui n'a pas connu dans ces années-là « Le Grenier », boutique remplie de livres mais aussi d'antiquités (éventails, phonographes, presse ancienne), ne saura jamais ce qu'est un cabinet de curiosités. Le magasin tenait lieu à la fois de boudoir, de salon pour dissidents, de cercle précieux, de fumoir littéraire. Fajardie jouait déjà fort bien de sa réelle timidité : blague servie dans sa glace, intransi-*

geance railleuse, understatement, *exactitude de la citation bolchevique.*

Ce jour-là j'ai fait la connaissance d'un autre personnage : Ronald Moreau. Fajardie et Moreau, c'est le même homme. Frédéric est très discret sur Ronald. Il ne tient pas trop à ce qu'on s'abouche avec ce type. C'est sa sphère privée. Ronald n'est connu que de sa famille, de son chien et de ses intimes dont je me flatte de faire partie. Je fréquente peu d'écrivains. Trois ou quatre au maximum. Aussi bien Ronald les résume tous. Est-il nécessaire de rencontrer les écrivains ? Non, bien sûr, ils ne peuvent que décevoir. Excepté Fajardie. Il est le seul auteur qui gagne à être connu. Il ressemble beaucoup à ses livres : aussi sombre, aussi pénétrant, aussi généreux, aussi pudique. Ronald qui connaît par cœur les dialogues de La Grande Illusion *aime à citer ce passage où Gabin, en proie à l'émotion, dit à Fresnay, le capitaine de Boieldieu : « Il y a des moments dans la vie… » Et Fresnay de couper sèchement : « Évitons-les, voulez-vous. » Notre vieux maoïste possède la retenue et l'élégance de cœur des vrais aristocrates.*

On a deviné que Fajardie fait partie de ma famille. Précisons que ces lignes que j'écris ne sont pas un exercice de copinage mais d'admiration. N'est-ce pas d'ailleurs l'écrivain que j'ai connu en premier ? Il n'est devenu mon ami qu'ensuite. Ces deux-là – l'ami et l'écrivain – ne m'ont jamais déçu. Lorsque nous sommes devenus familiers, je me suis permis de critiquer la fin de Tueurs de flics. *« T'es vache de tuer le héros, Ronald. Le commissaire Padovani, je m'y étais attaché. J'avais envie de le revoir. » Il m'a regardé gravement, sans mot dire. Des mois ont passé… Un jour, j'ai reçu* La Théorie du 1 %. *J'étais touché qu'il me dédiât le livre. Mais j'étais encore plus ému qu'il ressuscitât Padovani pour moi en inventant une histoire digne de Conan Doyle. Comme pour Sherlock Holmes précipité dans un ravin, il avait récupéré au dernier moment son héros qui repartait gaiement – sombrement pour être plus exact – vers de nouvelles aventures. Fajardie, c'est le génie non pas de la récupération, mais du détournement. Fajardie a beaucoup lu, mais surtout il a beaucoup observé. Ses yeux d'épervier enregistrent tout. Rien ne lui échappe. Avec lui il faut se méfier. Il connaît par exemple mes deux garçons depuis la maternelle, lesquels entre parenthèses le vénèrent et ne cessent d'évoquer avec éblouissement les virées dans le Dodge que Ronald conduisait à tombeau ouvert dans les chemins creux de Normandie. Un jour, j'ai vu mes deux fils apparaître dans* Polichinelle mouillé. *Il les avait surnommés « Pourquoi » et « Comment ». C'était bien vu. L'un cherche toujours la cause et l'origine des choses, l'autre ne s'intéresse qu'à la nature des choses.*

« Caressez les détails, les divins détails », répétait Nabokov. L'image qui foudroie, le trait qui illumine et tue, Fajardie pratique cet art comme une arme de combat. Ses romans me font songer à des machines de guerre. De son passé soixante-huitard, il a gardé le sens du projectile. Ce ne sont plus des pavés qu'il lance mais des roquettes sophistiquées sur tout ce qui bouge. Ceux qui bougent, ce sont toujours les mêmes : les imposteurs, les traîtres, les repus. D'où ces plongées verticales que Fajardie pratique à la volée dans ses récits en ne perdant jamais le but : la destruction de l'objectif. Chacun de ses livres est une mise en batterie. Il n'y a que l'angle de tir qui change : vertical, tendu ou plongeant.

La première partie de Brouillard d'automne *s'intitule justement « La préparation » – toujours cette mise en batterie évidemment suivie du tir de préparation. J'ai un faible pour* Brouillard d'automne. *Lors de mon enlèvement à Beyrouth le 22 mai 1985, je l'avais emporté dans mes bagages – Fajardie venait tout juste de me l'envoyer. Ce volume, je devais miraculeusement le récupérer quelques semaines plus tard dans l'une des geôles du Hezbollah. Dès la troi-*

sième ligne il était question d'un Dodge 4 × 4 qui me rappela cruellement les souvenirs heureux, nos balades dans la campagne normande, et ce cher Tip-toe qui courait derrière le véhicule en aboyant. Ah ! ce Tip-toe, quel personnage ! Ce boxer avait une âme, il comprenait tout. Sur sa tête passaient toutes les émotions de l'être humain. Il pleurait, riait, faisait la tête comme vous et moi – Tip-toe est mort, pendant ma captivité, les Fajardie l'ont remplacé par un autre boxer, Brigand. Il n'est certes pas bête, mais il ne remplacera jamais ce cher Tip-toe au poil de soie, aux yeux si intelligents.

Brouillard d'automne, *drôle de titre pour un prisonnier comme moi, plongé dans une vraie purée de pois – mais je n'en étais qu'au début, après viendrait l'hiver du captif... Trois longues années. J'ai lu une dizaine de fois* Brouillard d'automne *dans ma prison. Au début, j'avais pour ce livre des sentiments mitigés. Ce commando de mercenaires armés jusqu'aux dents me rappelait fâcheusement mes terroristes chiites. Cela dit, je les aurais bien échangés contre les combattants de Fajardie. Ces derniers étaient des têtes brûlées... pas des détraqués comme mes geôliers. Pourtant, ils avaient un point commun : celui de n'être que les pions d'une partie d'échecs dont ils ignoraient le sens. Quel était mon Monsieur Vang à moi ? Je me suis souvent entretenu de nos commanditaires avec mon compagnon de captivité, Michel Seurat, enlevé avec moi le 22 mai. L'assaut final au vingtième étage avec des cadavres par dizaines me paraissait de mauvais augure. Pendant toute ma captivité, hanté par quelque attaque de l'extérieur pour nous délivrer, j'ai pensé à ce massacre sur la tour de Chinatown. L'opération, si elle avait eu lieu, se serait terminée en carnage. Mes geôliers ne se faisaient pas faute de nous le rappeler non sans sadisme. Cette association de situations n'a cessé d'obséder mon imagination. J'en voulais à Ronald, le démiurge, de me balancer un macchabée à chaque page. « Tu exagères, Ronald, pensais-je alors. C'est donc si facile de tuer ! » Il faut dire que j'ai toujours pris la littérature au sérieux. Je ne regrette pas trop mon excès de crédulité. En réalité, ce jeu de violence fajardienne me préparait à l'autre, la terreur absolue des allumés de Dieu. Ronald m'envoyait un message bienfaisant. C'est un privilège de lire le livre d'un ami dans de telles situations. Fajardie n'a cessé d'ailleurs d'être mon ange gardien. J'étais plongé dans une nuit sans fin, il protégeait ma femme, veillait sur mes deux fils, sonnait le tocsin, faisait la peau des politiciens lâches ou hypocrites...*

On objectera que la gratitude que j'éprouve à

l'égard de Fajardie ne peut qu'obscurcir mon jugement. Il se trouve que j'ai l'amitié exigeante et il m'arrive de me quereller avec Ronald. Voilà en tout cas près de dix-huit ans que je connais l'auteur de Tueurs de flics. *Je n'ai pas changé d'avis sur ses livres. Fajardie est un cas unique dans la littérature actuelle. Écrivain inclassable, non conforme, il occupe une place exceptionnelle et incommode en même temps qu'enviable dans le monde du polar. Une sorte de licorne noire, animal indéfinissable et mythique. Le club des fans de Fajardie est une étrange confrérie qui voue à son idole une fidélité indéfectible. Dans cette allégeance digne de l'*Histoire des Treize *entre un côté franc-maçonnerie, la fierté d'appartenir à une société secrète « hostile au monde, n'admettant aucune idée du monde » (Balzac). Le mythe de la vengeance, comme celui de l'homme au-dessus des lois, est toujours présent dans l'œuvre de Fajardie.* La Nuit des Chats bottés *en constitue le meilleur exemple. Le héros détruit une à une les traces anciennes laissées par la femme aimée, hommage absolu à l'inspiratrice, Francine, « égérie légère », muse, à la fois Laure et Elsa, indispensable source de l'œuvre.*

L'énergie créatrice et rebelle de Fajardie lui a permis de voir clair avant tout le monde. Vichy, l'Occupation, la Résistance : il est le premier à avoir aperçu la nature de ce passé « qui ne passe pas ». Pour savoir comment nous avons basculé de Giscard à Mitterrand, il suffit de lire Fajardie. Tout y est : l'effondrement des valeurs, le désenchantement, la perte de l'honneur, la trahison des élites. Toutes les sécurités ont sauté. Face à cette marée nihiliste, l'homme fajardien est seul, assez hardi pour tout entreprendre et assez désespéré pour mater ce monde hostile.

On a compris que Fajardie est notre ultime romantique. Ces correspondances entre le rêve et la vie, cette obsession de la violence et de la révolte, ce sens de l'exil, ce tourment du passé – sans oublier le rachat par l'amour – hantent l'œuvre de Fajardie.

Idéaliste meurtri, le héros fajardien est un chevalier errant sous un ciel noir. Il est tendre, violent, ombrageux. Parfois, c'est un homme humilié, il fera payer cher l'avanie. Fajardie décrit le combat des âmes contre le mal. Ces âmes ont un corps. Ce corps sait manier le fusil mitrailleur et le lance-roquettes. On en revient une fois de plus à l'art du projectile, à l'angle de tir...

Un écrivain est un style au service d'un tempérament. Chez Fajardie il est aussi au service d'une passion. Cette passion, un mélange de dissidence, de fidélité, de désespoir, d'humour. Fajardie est probablement un hérétique en litté-

rature. Quand ils ne sont pas brûlés, les hérétiques finissent toujours par avoir raison.

Je ne lui souhaite évidemment, ni au sens propre ni au sens figuré, cette épreuve du feu qu'il sait au demeurant fort bien faire subir à ses adversaires. Le feu, la noirceur de la cendre. Feu, arme à feu... Toujours cette histoire de projectile !

JEAN-PAUL KAUFFMANN.

For you, Francine, my sweetheart.

Première partie

LA PRÉPARATION

1

L'homme, appelé Louis Leptke, et qui venait d'avoir trente-sept ans, freina brutalement.

Le 4×4 Dodge chargé d'une tonne de pommes à cidre dérapa un instant sur la route communale rendue glissante par les pluies de l'automne puis s'immobilisa de biais, barrant le passage.

Leptke en descendit, tenant une clé anglaise d'une main et un très court revolver Standard Sentinel Snub Nose de l'autre.

Il avançait d'un pas souple qui ne dissimulait cependant pas une légère retenue, perceptible à la raideur des larges épaules.

Il s'immobilisa devant une Triumph Acclaim blanche et, d'un violent coup de sa clé anglaise, fit sauter la vitre du conducteur. Puis, calmement, il posa le canon de son revolver sur l'appui de la porte en disant :

– Salut, Chinois. Ça fait trois jours que tu me

suis. T'as dix secondes pour me dire ce que tu cherches.

L'homme sourit et fixa attentivement Leptke. Il était de petite taille et ne devait pas avoir plus d'une cinquantaine d'années.

– Je ne suis pas chinois, encore qu'originaire de l'Asie du Sud-Est, dit-il en orientant le rétroviseur vers son visage.

Leptke le considéra avec curiosité tandis que l'homme, élégamment vêtu d'un costume de tissu anglais, époussetait à l'aide d'un mouchoir de soie les débris de verre causés par l'éclatement de la vitre.

– Je m'appelle... disons : le Fils de la Lumière. Et je suis diplomate.

Le Fils de la Lumière ébaucha un geste pour saisir une sacoche posée sur le siège du passager, mais Leptke appuya aussitôt le canon de son arme contre l'oreille de l'Asiatique.

– Touche pas.

Le Fils de la Lumière suspendit son geste.

– C'est inoffensif. Et gratifiant. Il y a là cinquante mille francs. C'est pour vous, monsieur Leptke, un cadeau de mon gouvernement. Sans aucune contrepartie.

Leptke, un instant incrédule, fit lentement le tour du véhicule, ouvrit la portière et saisit la petite sacoche. Les coupures de cent francs, usagées, étaient soigneusement baguées.

Il referma pensivement la sacoche. Après un ultime regard au Fils de la Lumière, il passa son arme dans sa ceinture et s'assit sur le siège du passager.

Il observa un instant un vol de corbeaux puis, se tournant vers son interlocuteur, il demanda :

– On discute ?

– On discute !

– Bon, qui je dois tuer ?

Le Fils de la Lumière sourit.

– Absolument personne ! Nos intérêts vont concorder, monsieur Leptke, et vous devez vous en réjouir. En outre, vous agirez pour le bien de votre pays.

Il ménagea une courte pause et ajouta :

– Êtes-vous patriote, monsieur Leptke ?

– Non. Absolument pas.

– C'est un tort.

Un court silence s'installa puis le Fils de la Lumière alluma une Dunhill en expliquant :

– Vous allez garer votre tout-terrain, monsieur Leptke. J'ai retenu une table à La Régence, à Trouville. Une table discrète, à l'étage, avec vue sur le port. Vous pourrez téléphoner à votre femme de là-bas.

– Vous allez me donner des ordres comme ça pendant longtemps ou c'est juste un caprice ?

– Juste le temps de vous expliquer comment ramasser deux milliards de centimes. Minimum.

Est-ce que c'est une proposition qui vous intéresse, monsieur Leptke ?

Leptke observa longuement le Fils de la Lumière qui ne baissa pas les yeux.

Mais, pour l'ancien braqueur, il ne s'agissait pas d'une épreuve. Plutôt une sorte de radioscopie.

Il alla garer son vieux Dodge sur la berme en songeant non sans contrariété qu'il se préparait à traiter avec un partenaire redoutable.

2

Une semaine s'était écoulée.

Leptke parvenait à oublier le Fils de la Lumière en de rares occasions, par exemple lorsque, comme en ce moment, son travail l'absorbait tout entier.

Il ceintura le tronc d'un gros frêne avec le câble d'acier du treuil Braden monté à l'avant du Dodge.

Des gestes automatiques. Le treuil débrayé, le câble filant entre ses mains protégées par des gants de chantier, le crochet qui se referme sur le câble...

Il regagna la cabine du véhicule, mit le moteur en route et tira vers lui le levier de commande du treuil. Un bruit régulier couvrit celui du moteur puis, lorsque le câble d'acier fut tendu, Leptke débraya et se tourna vers le propriétaire du champ.

– Va te foutre derrière la remise, Olivier.

– Pourquoi ? demanda l'homme, un paysan maladif au visage têtu.

Leptke eut un geste évasif.

– Parfois, le câble casse... Dans ces cas-là, ça te coupe un type en deux. Et c'est sûrement pas le pare-brise qui l'arrêtera en pleine course.

– Mais... et toi ?

– Écoute, c'est mon boulot, hein ? Le treuil va pas suffire, je vais partir en marche arrière, en même temps.

La lutte dura une vingtaine de secondes. L'arbre, ses longues racines profondément enfouies dans la haie pierreuse, résistait au véhicule tout-terrain qui luttait rageusement de ses quatre-vingt-treize chevaux, ses roues tournant follement en s'enfonçant dans la terre. Les pneus fumaient, la carrosserie semblait vouloir se cabrer à chaque instant, puis l'arbre s'inclina.

Le paysan arriva aussitôt.

– Chapeau ! Il en a encore dans l'ventre, l'vieux Dodge ! Tu parles d'un bestiau !

Puis, changeant de ton et regardant ostensiblement vers la barrière belge :

– Dis voir, Louis, y a un type qui nous regarde, là, à l'entrée du champ. Tu le connais ?

Leptke devina immédiatement de qui il s'agissait mais préféra l'ignorer. Calmement, à l'aide d'une barre à mine, il dégagea le filin d'acier profondément incrusté dans le tronc du frêne.

Puis, tout aussi tranquillement, s'aidant d'une massette, il enroula le câble autour du tambour du treuil dont il fixa le crochet à un anneau du pare-chocs.

Il termina l'opération au moteur, et au jugé, sachant qu'il s'arrêterait juste avant la torsion du clip de sécurité.

Puis, il se pencha hors de la cabine et, couvrant le bruit du moteur :

– Ce type-là est un ami. Mais je préférerais que tu l'aies jamais vu, tu comprends ?

Le paysan baissa les yeux. Il savait que des gens venaient parfois de la capitale et restaient quelques jours chez Leptke. Des types qui ne se montraient jamais au village. Des types dont les luxueuses Mercedes ou les BMW disparaissaient sous des bottes de paille pendant toute la durée de leur séjour.

Il savait cela. Et que Leptke avait purgé six ans de prison pour hold-up à main armée. Et que les gendarmes faisaient complaisamment courir des bruits sur son compte.

Mais cela ne le choquait pas. Mieux, il approuvait. Pour un tas de raisons. D'abord, lui-même appartenait à ce que le maire appelait – hors de sa présence – « une famille d'excités ». Cette réputation venait d'un lointain ancêtre qui s'était enrôlé dans le régiment du Calvados parti mettre à la raison les cléricaux bretons, la Chouannerie et toutes les punaises de bénitiers.

Ensuite, et pour peu qu'on lui assurât l'impunité, il se serait fait un plaisir de mettre toutes les succursales du Crédit agricole à feu et à sang, sans omettre de pendre leurs directeurs par ce qui leur servait d'attributs.

Enfin, il se trouvait simplement que, dans ce foutu pays, Louis Leptke était un homme de parole, et qui plus est, toujours prêt à donner un petit coup de main.

– J'ai rien vu, Louis. Ce champ est complètement vide.

Leptke lui adressa un clin d'œil puis, avisant le Fils de la Lumière qui attendait à une centaine de mètres, il lança le moteur.

Le 4×4 tout-terrain, rebondissant sur les bosses, prit rapidement de la vitesse.

Mais, chose curieuse, plus le Dodge s'approchait de l'homme immobile, plus il accélérait...

3

Le 4×4 se trouvait à une trentaine de mètres du Fils de la Lumière lorsque, en plein milieu d'une large flaque d'eau, Leptke tira violemment le frein à main en bloquant phares et klaxon.

Aussitôt, le véhicule partit en tête-à-queue, exécutant un tour complet, comme un galet lancé sur la surface lisse d'une rivière gelée. Mais, dès qu'il eut retrouvé sa position initiale, Leptke sollicita légèrement les six cylindres en ligne du Dodge.

Le véhicule sembla émerger de la boue, ruisselant, et s'arrêta tout en douceur, son pare-chocs – plus gros qu'un rail de chemin de fer – à quelques centimètres de l'Asiatique qui n'avait pas bougé.

– Vous êtes un excellent chauffeur, monsieur Leptke ! Tout à fait excellent !

– Et je sais aussi mettre la couche-culotte de

mon bébé en quelques secondes ! répondit Leptke d'une voix morne.

– Je peux monter ?

Leptke hocha la tête, jetant un regard qu'il voulait indifférent au petit homme vêtu d'un costume sombre trois-pièces, et qui tenait une grosse serviette de pécari.

– Vous connaissez un petit coin tranquille, monsieur Leptke ?

– Ici, tout est toujours tranquille. C'est pour ça que je m'y suis installé.

– J'ai remarqué les ruines d'un bunker, monsieur Leptke. Un endroit idéal !

Leptke sourit.

– Uniquement fréquenté par les couples adultères ou les tantes. Si vous m'avez refilé cinq briques pour un truc cochon, j'aime mieux vous prévenir que c'est pas mon genre.

Le Fils de la Lumière, sauvant les apparences, répondit d'un ton pincé :

– Je ne suis pas homosexuel, monsieur Leptke !

Leptke dissimulait mal sa joie. Voir ce type de granit perdre son parfait sang-froid, ne fût-ce que quelques secondes, le réjouissait profondément.

L'ex-braqueur de banques embraya puis, tournant vivement la tête vers le Fils de la

Lumière, il lui jeta un regard désapprobateur en disant :

– Vous vous parfumez ?

– Vous n'aimez pas l'eau de Cologne ?

– Non, absolument pas ! Chez un homme, je trouve ça... je trouve ça déplacé.

– Tout le monde ne peut pas sentir l'huile chaude, le gas-oil, la sueur, la résine... Notez que tel quel, vous feriez un malheur dans la capitale. C'est ça, une décadence.

– Je me fous de la décadence. Vous deviez m'en dire plus long sur les deux milliards.

Le Dodge descendait un étroit chemin pierreux encaissé entre deux hauts talus herbeux qui le surplombaient de plusieurs mètres. La pente, abrupte, obligeait Leptke à conduire au frein.

– Qui emprunte ce chemin, monsieur Leptke ?

– Personne. Seuls des tracteurs ou le Dodge peuvent rouler là-dessus. En outre, ces terres sont à moi.

– C'est très bien. Dans ce cas, arrêtez-vous.

– Ici, en plein milieu ?

– Ce sera parfait.

Leptke coupa le moteur et serra le frein à main puis, regardant droit devant lui, il fit le vide dans son esprit et alluma une Camel.

A ses côtés, le Fils de la Lumière repoussa légèrement du pied une tronçonneuse posée sur le plancher d'acier riveté.

Le ton du Fils de la Lumière, courtois et presque compréhensif, inclinait aux épanchements :

– Si l'on excepte ce manque d'informations concernant notre affaire, manque d'informations provisoire, soit dit en passant, et lié à des impératifs que vous pouvez comprendre, hormis cela : avez-vous d'ores et déjà une critique à formuler quant au type de relation qui s'est établi entre nous ?

– Je déteste votre blaze, « Fils de la Lumière »... Quand je vous parle, j'ai l'impression que votre mère était la fée Électricité et votre dabe le phare d'Ouessant.

Le Fils de la Lumière sourit.

– Soit. Disons... *monsieur Vang*, ça va ?

– Hum.

– Autre chose, monsieur Leptke ?

– Je sais pas...

Il hésita, fit légèrement tourner le gros volant kaki entre ses mains puis, s'adressant vivement à son interlocuteur impassible :

– Écoutez, Vang, des trucs qui vont pas, dans cette foutue salade, y a que ça. D'abord, pourquoi m'avoir choisi, moi ? Qui vous a rencardé ? Qu'est-ce que vous savez de moi ? Qu'est-ce qui vous dit que vous ne vous trompez pas complètement, ou qu'on vous a informé de travers ? Et puis... est-ce que je serai capable de faire votre turbin ?

– Vos questions le prouvent, monsieur Leptke. Un imbécile aurait dit oui, immédiatement Quant aux réponses que je peux vous donner : c'est important ?

– Pour moi, oui.

– Soit. Vous avez fait six ans de prison pour le hold-up du Crédit du Nord. C'est vous qui deviez couvrir vos... camarades. C'est ce que vous avez fait, à la perfection, au point de vous retrouver seul dans la banque. Cet amour du travail exécuté à la lettre a attiré notre attention et constitue votre premier bon point. C'est immédiatement après que le passage vers la voiture qui vous attendait a été barré par deux policiers en tenue. Je sais – mais la police et les magistrats le savaient aussi – qu'il vous était facile de vous débarrasser de ces deux policiers peu entraînés : vous êtes tireur d'élite, du moins vous l'étiez lors de votre service militaire dans les commandos de l'infanterie de marine. Votre calme et votre sang-froid, qui vous ont amené à jeter votre arme et lever les mains, constituent votre second bon point.

Leptke, qui regardait droit devant lui, ne répondit pas et Vang reprit :

– Les interrogatoires de la police ont été très musclés. Ils vous ont brisé trois dents et cassé le nez mais vous n'avez donné aucun nom si ce n'est...

Vang s'interrompit, sortit un carnet et entreprit de lire, sourire aux lèvres :

– Vous avez déclaré : « Je n'étais qu'un comparse. Le coup a été organisé par un certain Mickey Mouse et ses acolytes : Donald Duck, Pluto, Fritz the Cat, Snoopy et même un clébard appelé Rintintin. J'ai toujours eu le sentiment qu'il s'agissait là de pseudonymes mais je tiens à souligner que je n'en ai pas la preuve. »

Vang rangea son carnet dans une poche intérieure de son costume et conclut :

– Vous savez garder le silence, ou vous faire évasif. C'est une qualité rare, monsieur Leptke et, à nos yeux, votre troisième bon point.

Leptke haussa imperceptiblement les épaules et répondit agressivement :

– Arrêtez votre pommade, Vang.

– Je n'ai pas fini. Vous êtes sorti de prison le 19 juin 1979. Deux mois plus tard, la succursale de la Royal Bank of Canada était pillée.

– Et alors ?

– Il y a des gens qui vous appellent Leptke Trois-Doigts. Vous le saviez ?

– Des conneries !

Vang, un coude appuyé sur le genou, se massait le menton en un geste un peu affecté. Il reprit d'une voix suave, comme s'il prenait un plaisir particulier à créer un malaise chez son interlocuteur :

– Très bien ! L'homme chargé de la couverture de ses complices lors du pillage de la Royal Bank of Canada a quitté les lieux le dernier. Par malchance, l'alarme s'étant déclenchée, une lourde grille s'est refermée sur lui. Ou presque. L'homme a en effet réussi à plonger dans l'espace qui se rétrécissait. Pas tout à fait, cependant : sa main gauche a été écrasée par la grille de bronze.

– Ça me concerne ? demanda Leptke d'un ton glacial.

– Monsieur Leptke, le hold-up a été entièrement filmé par les caméras de la banque mais ce film n'a jamais été diffusé, les autorités judiciaires craignant sans doute que cette scène n'équivaille à une sorte d'apologie des truands.

– Intéressant ! fit Leptke d'un ton las.

– Il se trouve que ce film, je l'ai vu. Un véritable document, monsieur Leptke. Quelque chose d'assez proche de ces légendes courant sur les loups pris au piège… On voit sur ce film un homme de votre taille, portant cagoule, la main écrasée, coincée dans la grille de bronze. C'est pathétique ! Imaginez des yeux dont le blanc tranche sur la cagoule noire… Le cagoulard, affolé, pris au piège, regarde autour de lui. Puis, brusquement, l'homme plonge sa main droite dans la tige de sa botte, en sort un poignard et se tranche lui-même les deux doigts qui le retenaient prisonnier... Où sont passés les deux doigts coupés de votre main gauche, monsieur Leptke ?

– Un ventilateur de voiture. J'ai un certificat médical à l'usage des fouille-merde. Flics ou autres...

– Un certificat médical établi par le docteur Heinrici. Excellent chirurgien. Un homme très riche. Très dépensier, aussi. Ce médecin a parlé, monsieur Leptke. Pour beaucoup d'argent, il est très bavard.

Leptke, déçu, secoua la tête sans répondre. Vang marqua un temps et reprit :

– Vous avez acheté cette ferme cinq mois après le hold-up. Mais y vivez avec votre femme, Jeanne, et vos trois enfants. Vous possédez dix-huit hectares. Vous louez deux studios, à Paris, qui vous rapportent quatre mille francs par mois à quoi s'ajoutent mille francs d'allocations familiales. Vos fins de mois sont difficiles, monsieur Leptke, très problématiques ! Vous êtes actuellement très content de m'avoir rencontré, et très inquiet à propos de ce que nous allons vous demander. Vous avez raison sur le premier point et tort sur le second.

Leptke secoua la tête d'un air découragé.

– Vous êtes des salauds !

Vang ouvrit sa serviette et en sortit un dossier

contenant une cinquantaine de feuillets qu'il tendit à Leptke en précisant d'un ton obligeant :

– Il s'agit du pré-rapport, bien entendu. Si l'affaire vous intéresse toujours lorsque vous en aurez pris connaissance, nous irons au fond des choses. Je reviens dans trois jours.

Vang ouvrit la portière du Dodge et escalada le talus abrupt.

Sortant de sa rêverie, Leptke esquissa un geste pour le retenir :

– Hé ! où vous allez ?

Vang ne se retourna pas.

4

De la pointe d'un couteau, Louis Leptke piquait des morceaux de pont-l'évêque qu'il écrasait sur du pain avant de les mastiquer lentement, les yeux dans le vague.

Il s'ébroua et se servit un verre de cidre.

Son cidre. Trop fermenté. Il devait titrer neuf degrés, mais c'était son cidre, fait avec ses pommes, passées dans un broyeur à volant de sa confection. Et son pain, cuit par Patty, sa fille aînée âgée de treize ans.

Il désigna une bonnetière d'un signe de tête et, s'adressant à sa cadette :

– Anne, sers-moi une petite goutte, s'il te plaît.

Étonnée, la fillette regarda sa mère qui acquiesça puis elle emplit à ras bord un petit verre gagné, avec cinq de ses pareils, lors d'un jeu de points organisé au prorata des achats par une grande surface de Caen. Leptke regarda le liquide couleur de miel puis, enlaçant sa fille par surprise, il la prit sur ses genoux.

C'est d'une voix adoucie qu'il s'adressa à sa femme :

– Faut que je te parle, Jeanne.

Sa femme le regarda avec un demi-sourire et répondit :

– Je sais.

Leptke lui rendit son sourire. Il n'éprouvait pas la moindre surprise, sachant que sa femme le devinait instinctivement. Surtout lorsque les choses n'allaient pas.

Il l'observa, tandis qu'elle faisait manger Paul, leur fils de deux ans et demi qui, profitant de l'occasion, s'échappa.

Leptke n'eut qu'à tendre son long bras musclé pour attraper l'enfant. Il l'installa sur son autre cuisse, en face de sa fille :

– Où tu vas, petit salaud ? Tu prends la poudre d'escampette ? Et qu'est-ce qu'il va dire, monsieur Escampette, si tu lui braques sa poudre ? Hein ? Avec quoi il va se camer ?

Jeanne s'était levée puis, adressant un clin d'œil à son mari :

– On va faire un petit tour, rien que nous deux, d'accord ?

Elle le tenait par la taille. Lui, croyant l'enlacer tendrement, serrait son épaule à lui faire mal.

Elle pensait qu'il ne s'agissait pas de bonnes nouvelles, que sa vie, même, s'en trouverait bouleversée.

Mais elle pensait aussi que Louis savait ce qu'il faisait, qu'il l'avait toujours su, qu'il s'était toujours débrouillé pour les faire manger. Même en prison.

Elle le regarda à la dérobée et se souvint du mois dernier, début octobre : Louis arrivant sous la pluie, sautant du Dodge et, tel un adolescent, lui présentant sa casquette pleine de mûres noires et sucrées...

Leptke interrompit sa rêverie :

– C'est un gros coup, Jeanne. Et en plus, ça tient la route. Ma réponse est « oui ».

– On a tout ce qu'on veut, ici. Toutes les choses simples qui rendent heureux... Les petits se plaisent, et moi aussi.

Ils s'assirent sur le tronc d'un vieux pommier abattu par la tempête du dernier week-end :

– Va falloir que je le débite, ce foutu pommier. Faut aussi que je remplace les ardoises arrachées.

Il alluma une Camel, invita Jeanne à s'asseoir sur ses genoux puis reprit.

– Pour avoir une vie propre, faut faire des

choses sales. Ça fait longtemps que j'ai compris ça. Et j'ai compris aussi que c'est à l'homme de se damner pour le bonheur de sa famille : tous les autres discours, c'est du baratin.

– T'es sûr ?

– De ça, oui. Mais rassure-toi : je doute d'un tas de trucs. Ça doit être l'âge.

Elle lui prit la main.

– Réfléchis. Rentre en toi-même.

– Vaudrait mieux pas : c'est mal fréquenté.

Ils échangèrent un sourire, puis, plissant les paupières, il dit d'une voix douce :

– Regarde le soleil… Jamais j'aurais imaginé pouvoir le regarder aussi longtemps, aussi librement. J'avais même oublié sa couleur orange. Quand j'étais petit, à la maison, on avait une rame de papier de cellophane orange piquée je sais pas où. J'adorais regarder la rue au travers. C'étaient des feuilles magiques, crissantes, très souples et que t'avais envie de rouler en boule. Quand tu le roulais en boule, ce papier se défendait comme un vrai petit mec : il produisait un crissement, se détendait comme pour retrouver sa forme…

– De quoi t'as peur, Lou ?

– J'ai pas vraiment peur… Mais depuis que j'ai rencontré le Chinois, je vois ma vie de l'extérieur, avec détachement. C'est exactement ça : un détachement par rapport aux choses, du recul. Tu vois, la carte postale que nous ont envoyée Steph et sa copine, eh bien je regardais la photo, le soleil couchant, et je me demandais ce que je pouvais bien foutre à l'instant où cette photo a été prise. Puis cette question sans importance est devenue... comment dire ?

– Capitale ! Au point d'éclipser tout le reste ? C'est ça ?

– Exactement. Et le reste suit. Par exemple, quand tu m'as parlé d'aller aux puces, à Caen. Ça m'a fait penser à Saint-Ouen et je me disais qu'on devrait appeler ça le marché des objets aux morts. Parce que...

– Oui ? demanda-t-elle doucement.

– Eh ben, tu vois, les gens font des photos mais ils ne se demandent pas ce que ça va devenir. Moi, chez les brocs, j'ai vu des familles entières dans des boîtes à chaussures, des bébés de cent ans, des militaires bouffés aux vers depuis cent cinquante ans. Pourquoi je pense tout ça, maintenant ?

Elle observa un martinet qui traversait le ciel bas et gris puis répondit :

– Parce que tu as peur. C'est quoi, cette affaire ?

– L'argent des Chinois, les Chinois de la capitale. Plusieurs mois de recettes provenant des clandés, de la came, des rackets, de la prostitution et de l'exploitation de la main-d'œuvre bon marché. D'après Vang, mon commanditaire, le pèze est investi à Hong Kong et Taiwan. Il sert aussi aux maquis contre-révolutionnaires. Ce qui est sûr, c'est qu'il aboutit entre quelques mains seulement. Ça peut être un des gros coups du siècle.

– Rien ne t'oblige à le faire, Lou. On peut s'en sortir autrement.

– Si, tout m'oblige à le tenter. Parce qu'on m'offrira jamais d'autres boulots que des trucs minables. Et si on m'offre pas d'autres boulots, c'est parce que j'ai fait de la taule et que je suis nègre, ce qui n'arrange rien.

– Lou, tu es nègre si tu te sens nègre ou si tu as un raciste en face de toi, c'est tout.

– Je suis un nègre parce que j'ai la peau noire.

5

« Monsieur Vang » shoota dans une pomme pourrie et se tourna vers Leptke :

– En gros, c'est tout. Vous êtes, en somme, le maître d'œuvre et mon représentant auprès de l'équipe que vous allez constituer.

Comme Leptke ne répondait pas, Vang se crut obligé de résumer une nouvelle fois :

– Pour être plus synthétique, disons qu'il y a trois étapes. Premièrement, mise sur pied de l'équipe. Vous aurez très peu de temps pour choisir ce qui se fait de mieux. Deuxièmement, élimination de Diem, de ses lieutenants et des gardes dont il est le chef. Comprenons-nous bien, monsieur Leptke : il faut me massacrer tout ça. Troisièmement, razzia sur l'or et l'argent.

– J'espérais qu'on pourrait éviter les meurtres.

Vang leva les bras au ciel en un geste qui s'accordait mal à sa retenue coutumière.

– La chose est inévitable. De toute façon, Diem est un assassin qui restera dangereux tant qu'il vivra. Dans mon pays, il était général de police auprès des fantoches et des envahisseurs. Lui abattu, la légende s'écroulera. En outre, votre équipe de tueurs s'occupera de ce travail en même temps qu'elle assurera votre protection.

– Hum !

Vang sourit.

– De l'enthousiasme, monsieur Leptke, de l'enthousiasme ! Au fait, vous avez songé à un assistant ?

– Oui, Buchalter. Un type bien.

– Entendu. Je crois que vous devriez commencer vos consultations dès demain. Je vous ai apporté trois cent mille francs pour vos premiers frais. Des questions ?

– Oui : vous avez des gars à vous, dans le Chinatown ?

– Très peu. Mais la communauté est divisée. En gros...

Il sembla hésiter, comme par peur d'embrouiller son interlocuteur, puis reprit :

– Les notables, les commerçants, les hommes d'affaires se sont regroupés derrière ce qu'on appelle là-bas la « Deuxième Force ». Il existe également un « Bloc religieux », très rigide et très déterminé. Ces groupes sont incapables d'intervenir militairement mais ils viennent de se fédérer en un seul courant qui nous assistera dans l'opération. Bien entendu, leurs leaders tireront les marrons du feu sans réellement prendre de risques.

– Alors, à quoi ça sert ? demanda Leptke.

– Ils servent à ceci : ils peuvent nous informer sur Diem vingt-quatre heures sur vingt-quatre. Ils ont glissé leurs hommes jusque dans l'entourage de Diem. D'autres questions, monsieur Leptke ?

– J'ai lu votre liste pour les uniformes, les armes et les véhicules. Outre ce qu'on va trouver sur place, qui s'occupe de ça ?

– Nous nous en chargeons. D'autres questions ?

Leptke hésita puis, comme s'il se jetait à l'eau, il exigea d'un ton véhément :

– Je veux une clause de plus, faute de quoi je vous envoie vous faire foutre.

– Oui, monsieur Leptke ?

– Que le coup marche ou pas, si je devais... si je n'en reviens pas, je veux cent bâtons pour ma femme et mes enfants. Je les veux ce soir avant dix-huit heures chez mon notaire. Déductibles de ma part en cas de succès, bien entendu. C'est mon assurance-vie, et je ne transigerai pas là-dessus.

Vang fronça les sourcils et commença d'un ton contrarié :

– Cette exigence de dernière minute, alors que

nous avions négocié ensemble, et point par point...

– A prendre ou à laisser, Vang. Personne ne vous oblige à prendre.

Vang alluma une Dunhill et réfléchit. Tout marchait à merveille et, même en tenant compte de cette ultime revendication, le coût restait très inférieur au devis prévu initialement : quand les dividendes sont politiques, des sommes aussi importantes pèsent moins lourd qu'il n'y paraît.

L'usage, cependant, lui faisait obligation de manifester une certaine humeur :

– Imaginez un instant, monsieur Leptke, que les autres membres de votre commando aient une exigence similaire ?

– Dans ce cas, je vous transmettrai fidèlement leurs désirs. C'est mon rôle, Vang. Le vôtre, dans la mesure où vous êtes demandeur, est de casquer.

Vang s'amusa intérieurement de la logique du propos. A cet instant, et pour la toute première fois, Leptke lui sembla presque sympathique.

C'est cependant d'un ton glacial qu'il répondit :

– Soit. Téléphonez à votre notaire à dix-huit heures, nous aurons fait le nécessaire. Autre chose ?

D'un ton qu'il voulut dégagé, mais qui sonna terriblement faux, Leptke questionna :

– Oui. Il y a une chose qui m'échappe... Le lance-flammes, il y a une raison sérieuse ?

– Il faut tout prévoir, monsieur Leptke. Si vous étiez découverts pendant l'opération, ce que je ne vous souhaite pas, c'est trois mille Chinois de Cholon complètement déchaînés qui vous tomberaient dessus avec des hachoirs à viande.

Leptke eut quelque peine à avaler sa salive.

6

Roger Buchalter se leva sans un mot et se planta devant la fenêtre.

C'était un homme d'un mètre quatre-vingt-douze, large d'épaules, aux mains énormes et qui avait jadis été bûcheron dans son Alsace natale. Ses cheveux blonds, coupés court, s'harmonisaient avec ses yeux bleus pour lui donner un type germanique très prononcé. Il portait un costume fatigué, en retard d'une mode ou deux, et des mocassins américains dont les semelles se décollaient aux extrémités.

Lentement, il ôta le papier d'argent d'une barre de pâte de fruit en maugréant :

– Je suis à la colle avec une nana qui bosse dans une confiserie. Je bouffe des horreurs comme ça du matin au soir. Ça arrange pas le moral.

Leptke baissa les yeux sur sa tasse de café

soluble. Il se sentait fatigué après une nuit presque blanche.

Et mal à l'aise dans ce cadre urbain en songeant que, quelques heures plus tôt, il fixait une crépine – commandée au mois de juin – sur le réservoir du Dodge, vérifiait l'enclos des poules, embrassait ses enfants endormis et parcourait la prairie en tenant Jeanne par la main…

Un détour par Honfleur, où il avait un instant souhaité se cacher dans l'échauguette de ce qu'il croyait être la capitainerie, puis Le Havre, ne l'avait pas empêché d'atterrir ici.

Il avait pourtant traîné, au Havre, poussant la porte de petits bistrots minables ou errant au volant de sa vieille Golf entre les immenses citernes, les hangars et les carcasses de navires rouillées émergeant à peine d'un brouillard gris et sale.

Buchalter désigna La Courneuve à ses pieds, d'un geste vague :

– Tu vois ce que je vois ou quoi ? Le mec qui a conçu cette cité devait haïr l'humanité, c'est pas possible autrement. S'il avait seulement traîné sa viande pourrie jusqu'à nos forêts d'Alsace, il aurait compris qu'il y a des choses qu'on a pas le droit de faire.

– Tu vas pouvoir y retourner, en Alsace. Et pas comme un traîne-lattes. C'est ce qui compte, non ?

Buchalter hocha la tête, contemplant toujours la cité à ses pieds :

– Je suis raide, Louis. Complètement raide. Mais c'est pas ça qui me ferait mentir : ton plan est bon, vachement bon. Le coup va réussir.

– C'est pas mon plan. A vrai dire, j'ai fait que l'approuver, modifier deux ou trois détails.

– T'es sûr de ton Chinois ?

– Vang ? J'ai aucun moyen d'être sûr de lui. Je peux te dire que c'est un tueur, ce qui se fait de pire. Je peux te dire aussi qu'il a déjà beaucoup investi là-dedans et que c'est sûrement pas pour passer le temps. Sur ses raisons... Lui, c'est pas le pognon. Je crois qu'entre son gouvernement et les Chinois de Cholon, c'est vraiment la haine, mais de toute façon, ça nous concerne pas. Faut juste qu'on pense au fric.

– Deux cents bâtons ! Pour moi ! Plus d'oseille que j'en ai jamais vu dans toute ma putain de vie ! Dis, Louis, t'es sur que je rêve pas ?

– Deux cents, c'est un minimum garanti. Ça peut être plus. Les parts au prorata des rôles. Bien entendu, les commanditaires déduisent leurs frais, mais d'un autre côté il est prévu qu'on se partage les parts des mecs tombés au casse-pipe. C'est régulier.

Buchalter se retourna vivement :

– Attends, Louis !

Il sortit de la pièce et revint quelques instants

plus tard en agitant une boîte de punaises. Les deux hommes fixèrent le plan sur un panneau de liège garni d'offres d'emploi puis, d'une voix excitée, Buchalter demanda :

– Le chiffre m'a empêché d'écouter. Répète-moi les grandes lignes, Louis.

Leptke pointa son doigt sur un rectangle :

– Ça, c'est la tour Berlin. Vingt-huit étages. En haut, tout en haut : le pèze. Les types de Cholon ont acheté tous les appartements du vingt-huitième et abattu les cloisons qui n'étaient pas porteuses. Le pognon s'empile là, sur des rayonnages plutôt sommaires, genre planches de pin et cornières métalliques.

– Pas le moindre coffre, t'es sûr de ça ?

– Pour eux, c'est un sanctuaire inviolable. Ils ont mis le paquet sur la garde. Ça se défend. Et nous, vu qu'on aura pas trop de temps, ça nous arrange.

– Continue, Louis.

– Quand on investira, en partant des sous-sols, on appellera l'opération du nom de la tour. Il existe trois opérations distinctes, l'ensemble étant réuni sous le nom de code « opération Brouillard d'Automne ».

– Pourquoi ?

– Une idée de Vang. Et puis c'est de saison, non ? De toute façon, j'avais pas envie de l'emmerder sur des détails.

Leptke désigna un autre rectangle placé en vis-à-vis de « Berlin » :

– Ça, c'est la tour Munich. Les indicateurs de Vang ont repéré un appartement au dixième étage. Cet appartement sert aux Chinois de poste de surveillance avancé. Difficile, de là, de ne pas voir qui entre ou sort de « Berlin ». Faudra l'investir par la force et s'en assurer rapidement. De là, on pourra neutraliser l'arrivée d'éventuels renforts de Chinois. En fait, on tiendra toute la dalle sous un feu de mitrailleuse.

– La dalle ? demanda Buchalter.

Leptke fronça les sourcils :

– Ah oui, je t'ai pas dit : toute cette espèce de ville dans la ville est construite à huit mètres au-dessus des rues voisines. C'est comme un énorme socle où arrivent un tas d'escaliers et d'escalators.

– Tu parlais aussi d'une mitrailleuse…

– Elle appartient aux Chinois. Une MG 34. J'y mettrai trois flingueurs. Nos gars seront en liaison radio avec nous. Bien entendu, l'opération Munich est la plus facile.

– Trois flingueurs : t'en as prévu combien, en tout ?

– J'en ai prévu six. Les trois dont je viens de te parler pour « Munich » et trois en protection avec nous pour aller au taf à « Berlin ».

Buchalter hocha la tête :

– Je te suis.

– Donc, on investit « Berlin » avec nos trois flingueurs qui nous nettoieront le passage. En outre, on aura un type à nous au sous-sol : il faudra veiller particulièrement à ce point, étant donné qu'après le repli général, c'est par là qu'on va calter.

– Attends, Louis… six flingueurs, toi, moi et le guetteur : ça fait neuf, le compte n'y est pas.

– Exact ! J'ai prévu trois types chargés de ramasser le blé, les lingots, la came… Mais ces gars-là ne seront pas des spécialistes, faudrait les voir plutôt comme des manœuvres. En plus, pas question que les flingueurs posent leurs pétards pour prêter la main au transport ou que le guetteur abandonne son poste.

– Toi et moi, on fait quoi ?

– Faudra trier. Les grosses coupures, les trucs intéressants. Faudra écarter la broutille.

– Je vois.

Leptke déplaça son doigt jusqu'à un troisième point qui, avec « Berlin » et « Munich », formait un triangle isocèle :

– Ça, c'est la tour Heidelberg. C'est là que vit Diem, le patron, le chef de la sécurité et des gardes, responsable également des exportations. Et c'est là que tout commence, juste avant le braquage.

– Faut les bousiller ?

– Tous ! Pas le choix ! Ordre express de Vang. Et sans bruit, à l'arme blanche et au silencieux. Ça, c'est le boulot de nos six flingueurs. C'est le point de départ de notre opération parce que c'est là qu'arrivent tous les systèmes électroniques qui protègent « Berlin ». Une fois Diem mis *out*, les clignotants peuvent s'allumer : il y aura plus personne pour les voir. Tu piges ?

– J'aime mieux pas être mêlé à ça. Il a beaucoup de personnel, Diem ?

– Ça dépend des jours. Minimum, une vingtaine. Maximum, une cinquantaine.

– Bousiller cinquante bonshommes ?

– C'est pas la peine que tu le dises. Par contre, toi, faudra que tu saches tout, chaque détail, le rôle de tous les membres de l'équipe. Hiérarchiquement, t'es le numéro deux. Faut que tu puisses prendre ma place si... en cas d'ennui.

– Vu. C'est pour Diem et la tour Heidelberg qu'il y a encore du flou.

D'un geste, Leptke désigna les trois tours et dit en souriant :

– C'est peut-être ça, le « Triangle d'Or »... C'est sûrement ce que doit penser Diem.

– T'as des tuyaux sur ce mec ? demanda Buchalter.

– Diem, cinquante-deux ans, licencié en droit et en science économique. Général de police, responsable des sections politiques puis du contre-espionnage. A eu sa photo dans *Newsweek* avec des têtes de membres du Front en sautoir. Assassin de l'espèce sadique. Ici, il vit comme un seigneur de la guerre. Il a installé un grand bordel dans un duplex au sommet d'« Heidelberg » mais la salle de contrôle, elle, est ravitaillée en eau minérale et les gars pris à roupiller sont flingués sur l'heure. Cinq gardes armés attendent en permanence, prêts à foncer à « Berlin » pour y bloquer toutes les issues en attendant que les autres rappliquent. Des vagues de « réservistes », le fretin qui n'a pas droit aux fêtes du duplex, peuvent être rameutés en quelques minutes.

Buchalter hocha la tête en demandant :

– Quel genre de bordel ?

– D'après Vang, ça fume l'opium, ça se soûle la gueule et ça baise. Les nanas sont prises chez les débiteurs qui ont le choix entre un coup de rasoir sur la carotide ou envoyer leur femme ou leur fille, parfois les deux.

– Quelle ordure !

Leptke sourit :

– Mais non, mais non ! Paraît qu'il aime l'ambiance de la soldatesque en pleine débauche, les odeurs fauves... D'après Vang, qui le hait comme c'est pas possible de haïr, il paraît que Diem serait aussi un peu pédé sur les bords, si l'on peut dire.

Buchalter sourit :

– Ça me soulage, que tu dises tout ça. Alors en somme, on rentre et on le bute, quoi.

– Non, c'est plus compliqué. Diem est tout sauf con. Un peu avant que notre commando de tueurs attaque, un garde de Diem, qui est passé chez Vang, viendra nous avertir de l'état de la partouze. A partir de là, faudra se considérer comme sur le coup. Le type reviendra un peu plus tard puis il nous donnera le feu vert.

– Attends, Louis : on risque pas de se faire repérer à traîner dans le coin ?

– Nos gars et nous-mêmes arriverons par les sous-sols, les parkings. On placera nos gars à l'intérieur de la gaine d'ascenseur, tout en bas. Ça va être difficile de les faire tenir là-dedans avec armes et matériel mais c'est le seul moyen. En outre, nos gars seront arrivés en un seul groupe, dans une camionnette, le genre minicar Mercedes. Le matériel les attendra sur place.

– T'es sûr que le matériel sera sur place ?

– Vang a traité avec la Deuxième Force et le Bloc religieux. Ce qu'il faut que tu comprennes, c'est que Diem et ses mectons sont dégueulés par la majorité des Chinois. Si la majorité sent que le vent tourne...

– Mais imagine que l'ascenseur les écrase, je sais pas, un accident...

– Ils seront convoyés par un type de l'ambassade tandis que le responsable de l'ascenseur, ce soir-là, sera un type du Bloc religieux.

Buchalter, assis sur un coin de table, se leva et, de la fenêtre, observa le matin gris. Quelque part, quelqu'un alluma une radio, et un air de rock sembla percer les murs du petit deux-pièces.

Buchalter regarda Leptke d'un air triste et dit en secouant la tête :

– Quelle agression, cette musique de merde ! Ce que je peux en avoir marre.

– Un peu de patience, Roger. Après notre coup, achète-toi une baraque quelque part dans ton patelin, une baraque avec beaucoup de terrain. Quand t'as du temps, tout le temps que tu veux, et de l'espace, c'est-à-dire pas de voisins, c'est là que tu peux vraiment dire que t'es riche. J'aime mieux crever de faim dans les grands espaces que perdre ma vie à gagner du flouze dans ces villes pourries.

Buchalter hocha la tête :

– Faut du courage pour partir. Il y a des départements déserts, tout le monde le sait : qui s'y installe ?

Il resta un instant songeur puis fronça légèrement les sourcils, ce qui n'échappa pas à Leptke :

– T'as un problème, Roger. J'aimerais mieux que tu m'en parles maintenant.

Buchalter tira une chaise et s'y assit à califourchon, l'air un peu gêné :

– Je crois quand même qu'il y a un truc qui colle pas.

– Je t'écoute.

– La gaine d'ascenseur, j'y crois pas. Faire tenir des gars là-dedans pendant des heures, peut-être... et des tueurs, en plus. Là, Louis, ça tient pas.

– C'est pour ça qu'à la tête de ces gars-là, il nous faut un type vraiment exceptionnel. Un type avec qui on a déjà travaillé. Franchement, j'en vois qu'un.

Buchalter fronça de nouveau les sourcils, plus perplexe que jamais :

– Celui auquel je pense est reparti chez lui, non ?

– Celui auquel tu penses est condamné à mort dans son pays. Et de tempérament, il est pas spécialement maso.

Brusquement, Buchalter sourit de toutes ses dents :

– Do Santos ! Aquilo Do Santos ! Il est dans cette ville ?

– Tout juste !

7

Leptke et Buchalter poussèrent la porte de l'Étoile du Matin et pénétrèrent dans le vieux café où flottait une odeur de soupe aux légumes et de laine mouillée.

Un homme d'une quarantaine d'années, les paupières closes, jouait *El Paso del Ebro* à l'accordéon. Il portait un œillet rouge à la boutonnière, était portugais et s'appelait Aquilo Do Santos.

A un flic des services de l'immigration qui lui reprochait un jour son impatience en lui conseillant, vu sa situation, une certaine modération, il avait répondu dans un français presque parfait : « Je ne suis pas modéré parce que la vie n'est pas modérée. »

Ancien officier de l'armée d'Afrique, membre de l'extrême gauche du M.F.A. [1], Do Santos était condamné à mort dans son pays pour avoir

---

1. Mouvement des forces armées. Progressiste.

abattu en pleine rue deux fascistes de l'ex-P.I.D.E. [1].

A quelques tables de Do Santos, un homme d'une soixantaine d'années vêtu d'un costume de velours vert se leva et sortit en effleurant le Portugais.

Buchalter, souriant, glissa à l'oreille de Leptke :

– Le vieux, c'est « Axel », le poisson pilote de Do Santos. Il était en cabane quand on a travaillé avec Aquilo. Il le couvre partout, toujours, depuis que l'autre lui a sauvé la vie dans une bagarre au rasoir. T'as remarqué comment ils procèdent ? C'est fort, hein ?

Leptke hocha la tête, fixant toujours Do Santos qui s'était levé pour sortir à son tour.

A aucun moment il n'avait regardé les arrivants.

Do Santos marchait d'un pas lent.

Modifiant radicalement son répertoire, il jouait à présent *Mister Tambourine Man*.

Leptke et Buchalter le suivaient à une trentaine de mètres, sans chercher à se dissimuler.

La pluie avait cessé depuis une demi-heure et, à l'approche du soir, le ciel se dégageait. Sur le

1. Police politique de l'ex-dictature fasciste.

quartier à demi en ruine, le soleil semblait jouer dans les carcasses d'immeubles, révélant des murs intérieurs bleus, verts, ocre ; autant d'intimités foudroyées par la loi du profit. Au loin, des nuages roses striés de rouge paraissaient se noyer dans un ciel violet et mauve.

– Qu'est-ce qu'il fout ? Tu comprends ça, toi ? demanda Buchalter.

– Il nous a même pas regardés. Il a senti le danger, alors il nous amène sur un terrain qu'il a choisi. Va falloir faire gaffe si on veut avoir le temps de se faire reconnaître.

– Tiens, il a arrêté sa musique...

Leptke sourit :

– Ouais, Mister Tambourine Man est parti pour une destination inconnue. Peut-être qu'il est allé tambouriner dans le néant...

– Qu'est-ce que tu veux dire ? demanda Buchalter qui détestait le mot « néant ».

– Rien, répondit Leptke. Je veux juste voir comment ça tourne. Son poisson pilote nous suit ?

Buchalter se retourna :

– Non.

Son accordéon sous le bras, Aquilo Do Santos se sentait las et démoralisé.

Loin de l'Angola et du Portugal, plus loin

encore de ses rêves révolutionnaires, il ne comprenait plus du tout les raisons de sa présence ici.

Il regarda autour de lui.

Si, l'amitié d'Axel. Et puis ces champs de ruines, ce quartier aux vieilles rues mutilées qui renvoyaient en lointains échos l'agit-prop des années trente.

Il passa devant l'écluse du canal. C'était une branche terminale, une sorte de voie de garage inutilisée depuis des années, depuis, très précisément, qu'une péniche allemande chargée de houblon avait percuté les battants. Il observa la proue, dressée depuis près de vingt ans, tandis que la poupe disparaissait dans l'eau sombre. En lettres blanches sur fond noir, on pouvait encore lire, difficilement, le nom de la péniche : *Fricka*. Do Santos pensait qu'il s'agissait de la femme du roi Odin, dans la légende des Nibelungen, et, considérant la péniche endormie, il songeait à cette reine couchée près d'un époux rêvant de s'en aller trouver les trois Nornes, ces tisseuses chargées de l'écheveau du temps à qui Odin donnera un de ses yeux pour apprendre ce qu'il sait déjà : tout se délite, se perd et sombre, comme cette péniche, dans l'insignifiance des choses.

Do Santos sourit, longea l'ancien dépôt de chemin de fer et pénétra dans les ruines de la tréfilerie.

C'est ici qu'il allait s'expliquer avec ses poursuivants du moment.

Et les identifier.

Oui, ici. Parce qu'Axel l'y attendait.

Et puis parce qu'une réelle poésie se dégageait des vieilles machines. Une poésie à la charnière de deux siècles, directement issue de l'industrie, des manufactures et des chevaux-vapeur dont le Portugais imaginait qu'il s'agissait de chevaux d'acier rivetés, aux naseaux fumants et aux yeux hallucinés.

Ici, les rêves se frangeaient d'astres bleus, de pâleur lunaire, d'usines délabrées sous le crépuscule étoilé, de grues semblables à de grands oiseaux morts, de banlieues tristes aux potagers minables et aux « jardins ouvriers » chromés par les reflets acides de l'éclairage public.

L'ex-lieutenant parachutiste Aquilo Do Santos se dissimula derrière la carcasse d'un Fenwick et arma son Hammerli Dakota, calibre 45.

Leptke sentit le danger en pénétrant dans la tréfilerie, Buchalter sur ses talons.

Il examina attentivement les décombres et se persuada qu'il était temps de mettre un terme au jeu, l'endroit offrant trop de possibilités d'embuscades.

C'est d'une voix un peu tendue qu'il s'annonça :

– Aquilo ! Allez, sors de ta planque ! C'est moi, Leptke ! Leptke Trois-Doigts !

De longues secondes s'écoulèrent, augmentant sensiblement la tension, puis Leptke répéta :

– Aquilo, c'est Leptke Trois-Doigts !

Par intuition, il ajouta :

– Je suis avec Buchalter !

Axel sortit le premier de derrière une cheminée sur le point de s'écrouler, un vieil automatique Steyr à la main.

Puis, ce fut au tour de Do Santos.

Il sourit, d'abord du bout des lèvres puis, au fur et à mesure qu'il approchait, de toutes ses dents :

– Louis !

Ils se donnèrent l'accolade. Considérant les décombres qui l'entouraient, Leptke constata :

– C'est un vrai coupe-gorge, ici !

Do Santos ébaucha un sourire mélancolique :

– Tu crois pas si bien dire.

– Comment ça ? demanda Leptke.

– On m'a envoyé des types de Lisbonne. Des flics républicains, peut-être même qu'ils étaient socialistes, comme le Premier ministre, mais ils avaient les mêmes gueules qu'avant et ils venaient pour me flinguer.

– Apparemment, ça a foiré ! constata Buchalter.

Do Santos eut un geste vague qui désignait les ruines en général :

– Je sais même plus où on les a enterrés...

Leptke laissa un temps puis, d'un ton très pince-sans-rire, il expliqua :

– On passait par ici avec Roger et on s'est dit comme ça que tu cracherais peut-être pas sur deux cents bâtons, minimum garanti...

Et, se tournant vers Axel, il ajouta :

– On cherche aussi un guetteur, un gars discret qui sait se confondre avec la muraille. Le poste est vacant et bien rémunéré : cinquante bâtons...

Le chef de la Deuxième Force, un vieillard frêle et élégant, regarda le Chinatown endormi à ses pieds, trente étages plus bas.

Il alluma pensivement une Craven et réfléchit.

Ça n'allait pas être facile. Pas facile d'écraser Diem. Pas facile de réaliser un putsch dans le putsch. Pas facile de rouler le Bloc religieux, la garde de Diem, les Européens du commando et le type de l'ambassade.

Pourtant, c'est très précisément ce qu'il se préparait à faire.

Dans l'intérêt du Chinatown. De la jeunesse. Et vis-à-vis du pays d'accueil.

Une fois de plus, il se concentra sur les détails de son plan.

8

Bulchalter se tourna discrètement vers Leptke.

– C'est lui, Forster ?

– Hum.

– Il est vachement jeune !

– Non. Il *fait* jeune, c'est tout. En fait, il doit avoir plus de trente ans.

– Et… c'est un tueur ?

– Professionnel. C'est à l'armée qu'il a appris. Puis il a oublié jusqu'à ce que la ferme de son père soit saisie et vendue. Il est arrivé de sa campagne il y a deux ou trois ans. Tu sais comment ça s'est passé ?

Buchalter hésita.

– On dit que c'est lui qui a buté Taronni et ses deux porte-flingues mais j'ai jamais connu les détails.

Leptke ébaucha un vague sourire :

– Il devait encore avoir de la boue sur ses godasses quand il s'est présenté chez Taronni.

Probable qu'il avait lu ce blaze dans un canard. Alors il arrive et il demande à parler à Taronni. T'imagines ?

Buchalter sourit :

– Ils l'ont vidé.

– Exactement. Sauf qu'avec un type comme ça, c'est vraiment la dernière chose à faire. Une heure après, il était de retour. Il a buté le portier, tranquillement, d'un coup de manivelle. Puis il est entré, il a cassé une bouteille et égorgé le porte-flingue numéro deux. De là, il est entré dans le bureau de Taronni, a marché droit sur lui et l'a tranquillement étranglé avec le fil du téléphone. En sortant, il a dit à la barmaid : « Taronni doit avoir des amis. Vous leur direz que je m'appelle Forster et que je cherche du travail. »

– Et ça a donné quoi ?

– Ça n'a pas payé. Il décroche un contrat, de loin en loin. Des contrats minables… Il fait bien son boulot mais il est pas aimé. D'ailleurs, il en vit à peine : la preuve !

Buchalter hocha la tête :

– Et dans notre histoire, tu le verrais comment ?

– Pour la tour Munich, en vis-à-vis. Ce type a la tête froide, c'est exactement ce qu'il nous faut à cet endroit-là. Oublie pas que ça commande toute la dalle.

Pour l'instant, l'homme appelé Forster discutait embauche avec le patron d'un garage où s'entassaient des épaves de voitures.

Les cheveux blonds de Forster, son allure d'adolescent prolongé et une certaine douceur dans l'élocution, tous ces éléments inclinaient le patron à tenter l'arnaque. Il le faisait sans amabilité. C'était un homme petit au visage boursouflé, aux lèvres minces.

– Tu connais le boulot ? demanda le garagiste.

– Je bricole, répondit Forster.

– Les bricolos, y en a plein les A.N.P.E. Y m'faut un gars qualifié.

– Faut voir. A priori, on peut pas dire.

– C'est tout vu !

– Ah bon !

– Cent balles !

Forster hocha la tête :

– C'est pas lerche ! On finit à quelle heure ?

– T'es pas arrivé que tu veux déjà partir ! Bon, pour commencer, tu vas démonter les tambours de freins sur les deux 403 et tu me nettoieras tout ça.

Puis, se tournant vers Leptke et Buchalter, il demanda d'un ton presque aimable :

– Messieurs ?

– On est collectionneurs, dit Buchalter. On peut jeter un petit coup d'œil ?

– Comme chez vous !

Les deux hommes firent mine de s'intéresser à une vieille 4 CV, tout en observant Forster qui travaillait très vite, sans la moindre hésitation.

– Il touche sa bille ! constata Buchalter.

– A la campagne, t'es obligé d'apprendre la mécanique, expliqua Leptke.

Forster opérait sur un petit espace mi-pavé, mi-herbeux, à proximité d'un hangar désaffecté. Les pièces, aussitôt démontées, étaient plongées dans un bain de pétrole. Forster se penchait pour saisir une burette d'huile de vaseline qui voisinait avec un flacon de dégryp-oil lorsque, suspendant son geste, il fixa quelque chose sur le pavé gras.

Puis, très calmement, il posa son tournevis et se pencha vers une colonne de fourmis en disant d'un air bourru mais sur un ton assez tendre :

– Qu'est-ce que vous foutez là, la famille fourmi ?

Se penchant davantage encore, il éleva son marteau de carrossier à hauteur des yeux et, s'adressant à une fourmi isolée sur le manche de bois graisseux, il ajouta :

– Dis donc, toi, tu m'as l'air pas qualifiée ! On dirait même, des fois, que t'es une bricolo comme y en a des tas à l'A.N.P.E. ! Allez, ça sera cent balles, à prendre ou à laisser ! Ça te plaît pas ? Tu te révoltes ? Dis voir, tu serais pas une fourmi rouge, par hasard ?

Leptke et Buchalter échangèrent un regard d'abord stupéfait, puis amusé, lorsque l'Alsacien chuchota à l'oreille de son compagnon :

– Il est louffe ou il joue au con ?

– Ni l'un ni l'autre ! répondit Leptke qui ajouta : c'est parce qu'il est loin de sa ferme. Ça rend vulnérable... sentimental, quoi.

Forster promenait devant ses yeux, et de plus en plus vite, le marteau et la fourmi qui s'y cramponnait. Il arrêta brusquement ce va-et-vient et c'est d'un ton réellement curieux, comme s'il allait obtenir une réponse, qu'il demanda à la fourmi :

– Est-ce qu'un cœur de fourmi ça bat plus vite quand elle a peur ?

N'obtenant qu'un silence buté, Forster reposa délicatement le marteau et leva les yeux sur ce qui prolongeait, comme deux colonnes, les pieds qu'il venait de découvrir.

Le patron, plus perplexe qu'irrité, constata :

– Tu causes aux fourmis, toi ?

– Ah, je vous demande bien pardon : c'est elle qui m'a adressé la parole, me détournant par là même d'un labeur dont je m'acquittais avec compétence et célérité.

– T'es fou, quoi, conclut le garagiste.

Forster fut pris d'un fou rire inextinguible. Le temps, pour le patron du garage, de virer au pourpre, au mordoré puis à cette pâleur qu'on voit aux gens très en colère :

– T'es viré !

– Déjà ? demanda Forster encore secoué par des spasmes nerveux.

– Un peu, oui !

Forster se leva sans discuter, essuya ses mains noires de cambouis à l'aide d'un chiffon huileux puis, regardant le patron droit dans les yeux :

– Faut dire que t'es pas non plus le patron idéal. Tes tournevis cassés, tes fraiseuses qui sucrent les fraises, tes marteaux qui se démanchent...

Leptke et Bulchalter, qui s'étaient approchés tout près, tournèrent la tête vers le patron qui répondit :

– Les mauvais ouvriers, ils ont toujours de mauvais outils. Tu devrais le savoir !

Forster secoua la tête en riant, fit quelques pas, attrapa son blouson de cuir posé sur l'aile avant d'une Versailles puis revint se planter devant le patron en disant :

– T'es sûr de ça ?

– Quoi ?

– Que les mauvais ouvriers ont toujours de mauvais outils ?

– Ouais !

– Et tu trouves pas ça triste, toi ?

– Quoi ?

– Ben que ce soit justement les mauvais ouvriers qui, comble de malchance, héritent toujours des mauvais outils ?

– Eh, d'quoi tu m'causes encore, toi ? Tu vas t'prendre mon pied au cul si t'arrêtes pas !

Le sourire de Forster s'effaça immédiatement. Il marcha sur le patron et le saisit par le col :

– Moi, on me botte pas le cul. Ensuite, tu pues ! Ton haleine : du débouche-lavabo. Ton souffle : le pet d'un cadavre. Envoie-moi mes cent balles.

Le patron, quoique à demi étouffé, secoua négativement la tête.

Forster le lâcha, saisit une masse et s'approcha d'une pompe à essence dont les chiffres quartz, vert électrique, se détachaient sur un fond bleu nuit.

Il leva la masse comme un bûcheron sa cognée puis, semblant se raviser, il questionna d'une voix traînante :

– Ça vaut cher, une pompe à essence ? Je veux dire : ça vaut plus de cent balles ?

Le patron ouvrit son portefeuille, déposa un billet sur le toit d'une antique Facel-Vega pourrie puis se dirigea vers son bureau.

Leptke marcha sur Forster qui le regarda arriver avec curiosité :

– Cette grosse tante va appeler les flics.

– Je serai loin ! répondit Forster.

Leptke hocha la tête :

– Surtout qu'on pourrait te déposer. Je suis Leptke Trois-Doigts et mon pote, c'est Buchalter.

Une certaine surprise marqua le visage de Forster :

– C'est toi, Trois-Doigts ? Je croyais que t'étais une idée.

– Qu'est-ce que tu veux dire ?

Forster eut un geste vague.

– Quand on entend parler des gens, et puis qu'on les rencontre après : ça a jamais l'air vrai.

Buchalter s'avança à son tour.

– On cherche quelqu'un pour un boulot. Une nuit, soixante-quinze à cent cinquante bâtons. Ça t'intéresse ?

Forster sourit en répondant :

– Je suis un bon ouvrier. Même avec de mauvais outils.

9

La voix n'était pas très aimable. Pas plus, en tout cas, que le ton sec :

– Qui c'est ?

Leptke et Buchalter échangèrent un regard puis, s'approchant de la porte close, Leptke haussa le ton :

– Leptke Trois-Doigts. Je suis avec Buchalter.

– Trois-Doigts ?

– Ouvre, Nono.

Le ton, derrière la porte close, révélait à présent une évidente méfiance :

– Trois-Doigts ! Et qu'est-ce qu'il pourrait me vouloir, Trois-Doigts ?

Leptke adressa un signe d'impuissance à Buchalter qui répondit :

– Laisse tomber, Louis ! Depuis le temps, il a dû devenir clodo. T'as vu comme c'est dégueulasse, ici ?

Leptke regarda autour de lui. Une odeur rancie de chou et de vieille urine flottait sur le palier. Les waters, dont la porte avait été arrachée, étaient bouchés mais, apparemment, certains locataires continuaient obstinément à les utiliser. Les marches et les contremarches de l'escalier manquaient ou s'enfonçaient dangereusement sous les pas des utilisateurs. Des déchets s'entassaient par endroits, au pied des murs dont le plâtre humide et pourri se détachait par plaques. L'immeuble tout entier, situé dans un vieux quartier de Clichy, semblait ne plus attendre que les bulldozers et les pelleteuses des démolisseurs.

Leptke fit une ultime tentative :

– Nono, j'ai un boulot pour toi.

– Pour moi ? Tu veux que j'aille t'acheter un paquet de clops ? Ou que je balaye ton escalier ? A moins que tu veuilles que j'aille faire pisser ton chien ? C'est des boulots comme ça ?

– Un boulot d'homme, Nono.

Les deux hommes crurent entendre un hennissement à travers la porte puis la voix devint plus amère :

– Un boulot ! Ça fait plus de cinq piges que pas un fils de pute m'a proposé un vrai boulot.

Un long silence succéda à ces paroles puis, de nouveau, la voix traversa la porte. Elle semblait pleine d'espoir, cette fois :

– C'est vraiment toi, Trois-Doigts ?

– Je te l'ai déjà dit.

– Pourquoi que tu me proposes un boulot, à moi ? On t'a pas dit que j'étais fini, lessivé, bon pour la casse ? Y en a pas eu un pour te le dire ?

Leptke regarda Buchalter qui lui désignait la rue d'un geste éloquent. Il décida pourtant de n'en pas tenir compte lorsqu'il répondit :

– Je te propose ce boulot parce qu'à la mitrailleuse, t'es le meilleur. D'autant que tu connais le modèle : on a une MG 34 à servir, Nono.

– Une 34 ?

Aussitôt, on entendit un bruit de serrures hâtivement déverrouillées puis la porte s'ouvrit, presque à la volée.

L'homme, âgé de soixante ans, s'appelait en réalité Max Epstein et nul ne savait qui, ni pourquoi, l'avait surnommé « Nono ».

Il avait considérablement vieilli par rapport à l'image qu'en gardait Leptke. Sa barbe, jadis rousse, était à présent uniformément blanche, accentuant le caractère osseux du visage. La peau, blême et tendue, mettait en valeur des yeux très bleus. Une dent de devant, manquante, n'avait pas été remplacée.

Nono donna à Leptke l'impression d'une grande carcasse prête à s'effondrer dans un bruit d'os.

– Entrez, les gars. C'est petit mais c'est propre.

Nono désigna un vieux fond de cognac croupissant dans une bouteille qui, malgré un grand luxe d'étiquettes dorées, avait perdu tout son clinquant :

– Avant, je buvais du Byrrh. Mon premier Byrrh, c'était rue de Siam, à Brest. Y a longtemps.

Leptke hocha poliment la tête et constata :

– Il est beau, ton vaisselier.

– C'est une crédence.

– Ah !

Un instant, Leptke considéra les murs tendus d'indienne verte un peu passée, et ce qui semblait être l'amoncellement de cinquante ans de calendriers des Postes juste au-dessus de l'évier. Surprenant le regard de Nono posé sur lui, il dit hâtivement :

– C'est vrai, c'est pas mal, chez toi.

– Tu peux amener des gonzesses sans avoir honte ! dit Buchalter qui reçut aussitôt un coup de coude de Leptke.

Le geste n'échappa pas à Nono.

– J'ai pas droit aux gonzesses.

Comme Buchalter fronçait les sourcils, Nono ajouta :

– Rassure-toi, mon p'tit bonhomme, ça veut pas dire que je suis de la pédale. J'y ai pas droit, c'est tout. Pas même les putes. C'est vache, hein ?

Leptke, pressé de modifier le climat tendu, répondit :

– J'ai horreur des putes. C'est… c'est l'idée elle-même qui m'est étrangère : raquer pour emballer, c'est baisser les bras, s'avouer qu'on peut plus séduire pour soi-même.

Nono approuva d'un signe de tête :

– Idem de mézigue mais c'est aussi pour des raisons techniques, je veux dire que je veux pas mais que, même si je voulais, je pourrais pas. Cela dit… C'est des connes, des balances mais on me fera jamais rire d'une pute, surtout si elle est vieille et loquedue. Les gens, tu peux pas t'empêcher de penser à ce qu'ils ont été avant, enfant, bébé… Enfin, si t'es pas trop con !

Les trois hommes burent une gorgée puis Nono, un peu excité, demanda :

– Alors, c'est toi, Louis, qu'as eu l'idée de me mettre sur le coup ? On a pourtant jamais travaillé ensemble, non ?

– C'est pas moi, Nono, c'est Do Santos.

– Do Santos ? Il s'est souvenu de moi ?

Leptke approuva :

– Oui. Et note bien qu'il a pas eu à insister parce que Roger et moi, on était d'accord.

Masquant son émotion, Nono demanda :

– Et il va bien, Do Santos ?

– Dans la merde. Comme toi. Comme Roger. Comme moi. Comme tous les gars qu'on rencontre.

– Tu peux dire que c'est pire que jamais ! répondit Nono qui ajouta : ce qu'on vit, c'est la plus grande crise de tous les temps. Tu verras ! Et moi, j'ai vu l'autre, et elle était pas mal non plus !

Leptke toussota :

– Do Santos, il m'a dit de te dire une chose : ton « accident », il en tient pas compte. Et puis aussi… il a appelé ça un « petit message personnel »… eh ben… Tu sais, la politique, moi, j'y connais pas grand-chose mais Do Santos, il pense qu'à ça.

– Je t'écoute.

Leptke, visiblement mal à l'aise, reprit :

– Il veut que je te dise une phrase… une phrase… Ça va peut-être te faire marrer mais c'est une phrase de Mao.

– Mao ?

– Oui, Mao Tsé-toung. La phrase, ça dit comme ça : « Retourne-toi résolument contre l'ennemi tapi à l'intérieur de ton crâne. »

Un silence gêné suivit ces paroles, puis Nono se leva, fit quelques pas, mains dans les poches, et s'approcha d'une photographie de femme. La photo, un peu jaunie, datait.

– J'ai pas craqué ! dit Nono sans se retourner.

– Personne le pense ! rétorqua Leptke avec véhémence tandis que Buchalter hochait la tête.

– Si, au contraire ! répondit Nono qui ajouta : tu vois, je crois que quand la vie ça se résume à une terreur permanente et un peu inexplicable, t'es pas sujet à la peur, à cette toute petite peur qui peut te paralyser sur un coup…

Il se retourna vivement et reprit :

– Tout môme, dans le maquis, j'ai pris une colonne de fantassins allemands en enfilade avec une vieille mitrailleuse Maxim… Ce jour-là, les chleus ont eu une soixantaine de morts et tu peux croire que j'en ai eu ma part. Alors le coup qui a foiré, quand t'as vécu des choses pareilles, tu penses bien que c'était pas la panique. Ça aurait pu se produire avant, ou après. J'ai simplement pas eu de chance. C'est même dérisoire : un vieux truand faisant un infarctus pendant un braquage !

Leptke eut un geste agacé.

– On parle plus de ça, Nono. C'est pas bon de remuer tous ces trucs-là.

Nono approuva et revint s'asseoir près des deux autres. Il vida son verre d'un trait et demanda :

– De quoi il s'agit ?

Leptke déroula un large plan et l'étala sur la table après avoir repoussé verres, bouteille et cendrier.

– Ça ressemble à rien de ce que t'as pu faire jusqu'ici, Nono. Ou alors, si : ça ressemble plutôt à ces trucs du maquis dont tu parlais tout à l'heure.

– Le maquis ?

Buchalter approuva en expliquant :

– Notre coup, dans le fond, ça ressemble à une opération militaire avec des commandos distincts, des objectifs secondaires et des opérations complémentaires.

Nono se frotta les mains.

– Vous m'intéressez de plus en plus, les gars.

– Y a une opération commune à tout le monde, ou presque. Et puis après, y en aura deux. Tu prendras le commandement de la seconde, l'opération Munich.

– Y a pas moyen de trouver un autre nom ?

Leptke sourit :

– J'avais pas pensé à ça ! Non, c'est impossible de changer : il s'agit d'une tour qui s'appelle effectivement Munich. Tout va dépendre de toi et des deux gars que tu auras sous tes ordres. Par contre... il y a un petit problème avec l'histoire de la cage d'ascenseur. Je me demande si tu tiendras le coup.

– Un problème ? Où ça, un problème ? répondit Nono d'un ton jovial.

10

Ils dînaient face à face dans un clinquant chicken shop des Halles. Leptke, peu causant, mastiquait ses frites d'un air songeur.

– T'as un énorme ticket avec la minette, là, celle qu'a un pull rouge et une cravate noire en guise de jupette, dit Buchalter.

Leptke leva les yeux et vit une fille d'environ dix-huit ans qui, précipitamment, regarda dans une direction tout à fait opposée.

– Je crois pas avoir le moindre ticket. Ou alors elle m'a pris pour un acteur de cinoche. Le vicomte de Bragelonne, par exemple. A cause des boucles blondes. Ou bien Blanche-Neige...

Buchalter regarda son ami, stupéfait, puis éclata de rire. Lorsqu'il fut calmé, il reprit :

– Pourtant, elle arrêtait pas de te regarder, Louis. Même ses petits potes avaient l'air gênés.

Leptke engloutit les restes de son hamburger et répondit :

– Si ses petits potes étaient gênés de quelque chose, c'est que leur copine puisse mater un négro.

Buchalter, mal à l'aise, secoua les cendres de sa cigarette au milieu de ses frites.

– Louis, ça sert à rien de parler comme ça...

– C'est négro, qui te dérange ?

– Louis, je t'ai jamais rien dit là-dessus, moi. Je suis pas responsable des connards que t'as pu rencontrer.

Leptke le considéra longuement puis lui envoya une tape amicale sur la joue en disant :

– T'as raison, Roger. C'est moi qui fais le con.

Le silence persista quelques instants puis, comme la jeune fille se levait, Leptke la détailla sans retenue, son regard suivant les jolies jambes gainées de noir, la minijupe noire moulant les fesses, le cardigan rouge échancré à hauteur de la poitrine...

Sauf que la jeune fille semblait totalement l'ignorer, exactement comme si la place qu'il occupait était vide.

Puis, au tout dernier moment, elle lui adressa un long regard. Un regard triste, presque un appel et, comme Leptke commençait à être réellement ému, elle pivota.

– Hypocrite ! dit Leptke à voix haute mais d'un ton amical.

La fille se retourna et lui fit un clin d'œil. Elle

avait, pour cela, adopté une position provocante, taille cambrée et main sur la hanche.

– Tu sais, Louis, je suis pas pressé. Si tu veux...

– Si je veux quoi ?

– Si tu veux faire un tour avec cette petite môme, c'est une chose que je peux comprendre.

– C'est pas dans mes principes ! répondit sèchement Leptke. Puis, d'une voix adoucie, il ajouta : je suis pour la fidélité. Et me dis pas que c'est bourgeois parce que c'est la petite-bourgeoisie minable qui justement s'envoie en l'air, partouze et échange en pensant qu'elle s'est libérée de quelque chose.

Buchalter dévia volontairement la conversation :

– Le type avec qui on a rendez-vous, là...

– Philippe Subborg.

– Ouais. Do Santos a pas l'air de l'avoir à la bonne.

– J'en ai entendu parler aussi. C'est un tireur d'élite mais un sale con.

– Tu crois pas qu'on pourrait se passer de ce mec-là ? Après tout, une bonne ambiance aussi c'est important.

– On a pas le choix, Roger. Avec lui, Nono et Forster, on a notre trio pour « Munich ». Ça serait bien de pouvoir boucler pour cette partie de l'opération.

C'était un bar du quartier des Ternes, assez sombre dans la nuit pluvieuse.

Au comptoir, plusieurs types beuglaient en suivant un match de football.

– Leptke ?

Celui-ci se retourna et vit un homme qui le regardait avec curiosité. L'homme dînait seul à une petite table un peu à l'écart. Il eut un geste d'invite puis se pencha vers son contre-filet maître d'hôtel. Buchalter, à qui l'homme fut d'emblée antipathique, nota cependant qu'il maniait couteau et fourchette en virtuose.

L'homme, entre deux bouchées hâtivement avalées, releva la tête et lança :

– Je t'ai reconnu tout de suite.

Une voix vulgaire, tapageuse, qui déplut à Leptke.

– Tu m'as reconnu à cause de la couleur ? demanda-t-il sans s'asseoir.

L'autre s'essuya lentement les commissures des lèvres.

– J'ai jamais dit ça !

Un regard de crotale dans un visage rondouillard d'acteur comique. Une machine à tuer sans raté : l'homme adéquat.

Prenant sur lui, Leptke fit les présentations :

– Buchalter.

– Subborg ! répondit le tueur en réitérant son geste d'invite.

– Soixante-quinze bâtons à ramasser en une nuit, minimum garanti. Ça t'intéresse ? demanda Leptke.

– Je prends !

– Tu préfères pas m'écouter d'abord ?

– Je vais écouter mais je prends de toute façon.

– T'as besoin de blé ?

– Y a de ça. Et puis t'as une réputation, Trois-Doigts. Y a de ça aussi.

Il avala une gorgée de bourgogne et reprit :

– Tu vois, étant môme, j'ai eu faim. Mais vraiment faim. La bouffe, pour moi, c'est plus important que l'air. Et pour bouffer, faut du fric. Moi, je vendrais mon âme pour une part de clafoutis.

– T'as une âme ? questionna Buchalter.

Leptke regarda vers les stores vénitiens qui semblaient hacher la lumière des réverbères. Un spleen tenace l'étreignait, le paralysant presque mais, une fois encore, il prit sur lui pour instaurer un climat supportable.

– T'as pas tort, Subborg. La bouffe, c'est une des choses importantes de la vie.

Se sentant encouragé, et se décontractant, Subborg hocha vigoureusement la tête :

– Je dirais même que tu peux pas savoir ! Tiens, mon plus beau souvenir de gosse, c'est l'odeur d'une tartine de pain beurré avec du chocolat râpé dessus. Le jour de mes dix ans ! Je suis même sorti dans la rue avec parce que c'était vraiment quelque chose dont j'étais fier. Je saurais pas dire ça, mais cette tartine, avec le ciel bleu comme t'as en septembre, c'est exactement comme si ma vie avait commencé ce jour-là.

– T'as vu un docteur ? demanda Buchalter.

Subborg s'ébroua et, décidant d'ignorer Buchalter, il reprit à l'intention de Leptke :

– Tiens, faut que je te dise un truc marrant : je dégueule toujours avant de buter un mec. C'est un truc automatique. Le ventre vide, je me sens plus libre.

– Tu dégueules comme ça souvent ? demanda Buchalter avec dédain.

Subborg, cette fois, voulut marquer le coup. Il fixa longuement Buchalter et, d'une voix glaciale, répondit en détachant chaque mot :

– J'ai dégueulé huit fois en sept ans. Ça te va ?

Leptke, sentant que l'antagonisme croissant entre Subborg et Buchalter entrait dans une phase aiguë, coupa court. Il commanda d'autorité trois cognacs, sortit un classeur d'une sacoche de cuir et expliqua :

– Tu vas essentiellement bosser avec Nono et Forster. T'as quelque chose contre ?

Subborg repoussa son assiette et commença, d'un ton contrarié :

– On m'a dit que Nono était malade du cœur. Bosser avec un cardiaque, je suis pas chaud.

Buchalter s'emporta :

– Nono, il pourrait te faire un cul gros comme ça.

Subborg regarda le poing de Buchalter en souriant :

– Tu t'appelles ?

– Buchalter !

Leptke ferma le classeur d'un geste vif.

– Si vous n'arrêtez pas vos conneries, j'annule toute l'opération.

Buchalter, quoique blanc de rage, céda le premier, s'excusant d'une voix très basse :

– Oublie ça, Louis.

Le barman, seul employé visible, apporta les trois cognacs. L'atmosphère tendue dut le décontenancer car il faillit renverser un des verres ballons. Lorsqu'il se fut éloigné, Leptke reprit en jetant des coups d'œil vers le bar :

– Je préférerais qu'on calte d'ici.

Puis, s'adressant à Subborg :

– Tu m'as rien répondu au sujet de Forster. Tu le connais ? T'as une opinion ?

– C'est un jeune, non ? Un petit plouc ?

Leptke, agacé par le mot « plouc », répondit :

– Il a tout de même buté Taronni et ses deux porte-flingues.

– C'est vrai mais c'était pas du travail propre. C'est un spécialiste ?

– Formé à l'armée.

Sentant qu'il ne pouvait plus rien objecter, Subborg lâcha :

– O.K. ! De toute façon, lui ou un autre...

L'ex-général Diem caressa la longue chevelure noire de l'adolescente qui lui embrassait la poitrine, le ventre...

Une caresse douce, légère, sensuelle.

Pourtant, Diem ne vivait pas pleinement son plaisir. Il se contentait de l'enregistrer, assez vaguement, comme un homme mangeant sans réel appétit. Sa sensualité naturelle donnait ici le change mais son esprit était ailleurs.

Du côté de ses « sujets » qui s'agitaient, du vague murmure qui parcourait le Chinatown comme un vent mauvais. Du côté, aussi, des vieilles momies de la Deuxième Force et des antiquités du Bloc religieux.

La jeune fille lui arracha un soupir de plaisir.

Puis, très rapidement, et tandis qu'il congédiait sa partenaire d'un geste bref, il songea de nouveau à son empire qu'il sentait bouger.

C'est alors qu'il soupesa l'idée d'une répression féroce.

Et préventive.

11

Leptke, le combiné téléphonique à la main, hocha la tête à plusieurs reprises :

– Ça sera terminé demain, Vang. Sauf pépin de dernière minute. Mais le rencard est pris, ferme. Par contre, j'ai pas eu le temps de m'occuper des trois manutentionnaires. C'est d'autant plus emmerdant que le choix est difficile.

– Comment cela ? demanda Vang, étonné.

– Il ne s'agit pas de spécialistes. Faut recruter dans des milieux qu'on connaît mal, ou pas du tout. Si je veux pouvoir répondre des types que je vais trouver, j'aurai besoin d'un délai supplémentaire.

– Combien de temps ? demanda Vang.

– Vaut mieux compter trois jours !

A l'autre bout du fil, Vang eut un geste impatient. Tout cela lui déplaisait :

– C'est trop long, monsieur Leptke, beaucoup trop long. C'est impossible à envisager.

Leptke, qui s'énervait, répondit vivement :

– Faudra bien, pourtant. Vous voyez un moyen de faire autrement ?

– Ce moyen doit exister, monsieur Leptke. Il vous appartient de le découvrir.

– C'est tout ce que vous avez à me dire, Vang ?

– Pour le moment.

– Alors moi je vous envoie vous faire foutre. Si un de ces gus me foire entre les mains, au mieux, c'est la cabane. Au pire, les hachoirs à viande. Vous, vous aurez perdu du fric, c'est tout. De ça, on se remet toujours.

Un court silence s'installa puis Vang expliqua :

– Monsieur Leptke, une opération comme celle-ci, aussi complexe et impliquant un si nombreux personnel ne peut se réaliser que très rapidement dès lors qu'elle est lancée.

Leptke en convint intérieurement mais il protesta pour la forme :

– Je vous ai réuni le personnel de frappe en un temps record. Demain, les effectifs seront au complet. Idem du guetteur. C'est à vous de comprendre que j'ai été à l'essentiel. Ce serait même... ce serait même plutôt à vous de m'aider.

Vang sourit. Il en était arrivé exactement au but recherché. A ceci près que la suggestion venait de Leptke.

– Nous fournirons nous-mêmes ceux que vous

appelez les « manutentionnaires ». Ne vous occupez plus de cette question.

– Négatif !

– Pardon ?

– Négatif ! Chacun sa partie, Vang. Vous ne connaissez rien au mitan, vous feriez tout foirer. Je préférerais vous envoyer vous faire foutre.

– C'est moi qui vous envoie vous faire foutre si vous refusez.

Le silence persista quelques instants puis, d'une voix incertaine, Leptke demanda :

– Vous avez une idée ?

– Mieux : j'ai les hommes.

– Des Européens ? demanda Leptke.

– Non.

– Des Asiatiques ?

– Oui.

Un nouveau silence s'installa puis, d'un ton amusé, Vang reprit :

– Vous êtes toujours là, monsieur Leptke ?

– Toujours.

– Votre réponse ?

– C'est oui. Il s'agit de types de votre ambassade ?

– Surtout pas !

– Écoutez, Vang : pas de doute que ces types-là vous seront tout dévoués. Mais j'exige une chose et je l'obtiendrai, flingue à la main s'il le faut :

sur le terrain, le patron, ce sera moi. On est d'accord ?

– Absolument ! répondit Vang.

– Alors démerdez-vous pour que vos types soient à la hauteur.

– Aucun problème. Autre chose, monsieur Leptke. L'opération débutera dans soixante-douze heures. Elle ne sera reculée sous aucun prétexte. En cas de retard, c'est l'annulation pure et simple. Bonne nuit, monsieur Leptke !

Leptke raccrocha, pensif. Il regarda les murs de sa chambre d'hôtel puis, s'adressant à Buchalter assis sur un des lits jumeaux :

– Va falloir faire très vite, Roger. On peut pas se permettre d'encaisser le moindre forfait. A commencer par les deux gars qu'on doit voir demain.

Leptke et Buchalter, au pied du Centre Beaubourg, observaient un cracheur de feu :

– C'est pas à proprement parler une économie d'énergie ! constata Buchalter.

– Ouais. Mais je trouve que ces gars-là devraient avoir une détaxe sur le prix de l'essence.

– Tu verras qu'avec la crise, ils se mettront au diesel.

Ils jetèrent chacun une pièce de un franc au

cracheur de feu. Ils allaient s'éloigner lorsqu'ils sentirent, en même temps, une pointe acérée à la base de leur colonne vertébrale.

Le picotement cessa brusquement et, lorsqu'ils se retournèrent, ils découvrirent deux hommes souriants. Le plus âgé rentra son cran d'arrêt en demandant :

– Leptke Trois-Doigts ?

Leptke, par principe, se tut.

L'autre, un peu gêné, ajouta :

– C'est Do Santos qui nous envoie.

Leptke lui jeta un regard sans chaleur :

– J'aime pas ta façon de te présenter.

– Ah ? Ben c'est tout ce qu'on a trouvé. On pensait pas que tu le prendrais mal...

L'homme tendit franchement la main à Leptke. Il avait un sourire plutôt désarmant, sans malice, et les dispositions de Leptke basculèrent.

– On en parle plus. Bon, mon pote, c'est Buchalter.

L'homme tendit la main en disant :

– François-le-Dingue m'a parlé de toi.

Buchalter, intéressé, serra la main tendue en demandant :

– Il est toujours à Clairvaux, le Dingue ?

– Ouais, mais au carré. Il s'est fait buter dans les douches y a quinze jours.

Il posa sa main sur l'épaule de Buchalter.

– Désolé, mec !

Puis, le regard brillant, il se présenta à Leptke :

– Moi, c'est Amirouche Bellounis. Lui, là, c'est mon frère, Mourad. Mourad, il parle jamais.

– Ça fait une moyenne ! répondit Leptke en souriant.

Ils s'engagèrent dans la rue du Renard, sous les pilotis d'acier du centre culturel. Là, après un regard autour d'eux, Leptke expliqua :

– J'ai trop rien à vous dire, les gars. Si Aquilo vous a choisis, pour moi, c'est parfait.

– Nous, c'est le poignard ! dit Amirouche.

Buchalter hocha la tête.

– Pour le coup qu'on prépare, c'est plutôt du lancer qu'il faudrait.

– Le lancer ? On connaît ça aussi. Qu'est-ce que tu veux encore ?

– Rasoir ! dit Leptke.

– Pas de problème ! répondit Amirouche.

– Est-ce que tu connais un peu les P.M. ? ajouta Buchalter.

Amirouche rit franchement.

– Mais bien sûr qu'on connaît aussi. Qu'est-ce que tu veux, encore ?

Leptke offrit son paquet de cigarettes à la ronde tout en réfléchissant, puis :

– Les ordres, c'est ça : à partir de maintenant, vous vous mettez à côté d'un téléphone et vous n'en décarrez plus. Quand l'opération sera lancée, je ne pourrai appeler qu'une seule fois et faudra rappliquer dare-dare. Vu ?

– Vu !

– Est-ce qu'Aquilo vous a affranchis pour le pognon ?

– Tu parles ! dit Amirouche en souriant.

Leptke, un instant, s'imagina ce que pouvait représenter une telle somme pour les deux frères visiblement maltraités par la vie. Il eut le temps de trouver tout cela parfaitement moral : à chacun selon ses besoins, non ? Et ces types-là devaient avoir de gros besoins. Exactement cinquante ans, à eux deux, de très gros besoins acquis dans les quartiers pourris où ils avaient très probablement grandi.

Une question d'Amirouche tira Leptke de sa rêverie.

– Et où c'est qu'on rapplique, quand tu téléphones ?

Leptke débita d'un trait :

– Vous sautez dans un taxi et vous vous faites conduire à la station de métro Censier. Vu ?

– Vu !

– De là, ton frangin et toi, vous descendez la rue Censier jusqu'au numéro 14. Là, vous verrez un bâtiment genre truc de curé où il y a écrit « Maison des jeunes de Saint-Médard ». C'est vu ?

– Vu !

– Vous vous mettrez au bord du trottoir, ton frangin et toi. Essayez d'avoir des fringues pas trop voyantes. Évitez les blousons de cuir, les jeans et les santiags.

– Tu veux qu'on s'habille en pédés ? demanda Amirouche.

Leptke sourit :

– Surtout pas. Tu fais dans le genre discret. Bon, une fois devant ce foyer, près du trottoir, ton frangin et toi, vous faites semblant de discuter. Faudra qu'il fasse un effort.

– Il le fera ! assura Amirouche.

– Vous êtes donc deux types qui discutez. Vous attendrez pas longtemps, d'ailleurs. Vous verrez arriver un minicar Mercedes orange où il y aura écrit en lettres blanches : « Institut dentaire George-Eastman ». Vous attendez que le car s'immobilise et vous y montez.

– D'accord.

– Autre chose : il y aura des types, à l'intérieur. Des types comme Aquilo, qui sera là, et puis d'autres... Qu'ils vous plaisent ou pas, je veux pas la moindre salade.

– Salade ? Pourquoi y aurait des salades ? On travaille tous main dans la main, non ?

Leptke corrigea mentalement en souriant : on travaille tous la main dans la poche des Chinois...

12

Un vent froid projetait obliquement les gouttes de pluie contre des fenêtres depuis longtemps sans carreaux.

L'ancienne salle de briefing couverte en tôle ondulée appartenait à ce type de baraquement semi-cylindrique, typique de l'après-guerre.

Plus loin, les hangars s'étaient effondrés et il ne restait plus grand-chose de la piste principale, envahie de mauvaises herbes et de chardons.

Le petit aéroclub, fondé dans les années trente, avait connu des jours meilleurs. Agrandi par la Luftwaffe, bombardé par la Royal Air Force, reconstruit à l'époque où Charles Tillon était ministre de l'Air, il avait été finalement abandonné au début de la Ve République.

Assis sur des fûts, onze hommes écoutaient l'exposé de Leptke qui, une règle à la main, commentait des plans d'architecte.

C'est beaucoup dire qu'ils écoutaient tous.

Buchalter, par exemple, connaissait tous ces détails par cœur et aurait pu faire l'exposé lui-même.

Aquilo Do Santos, lui, ne perdait pas un mot de l'orateur, imité en cela par Axel.

Forster aussi écoutait, presque avidement. Chez lui, il s'agissait d'une seconde nature : tout l'intéressait.

Les trois Vietnamiens, silencieux, comprenaient un mot sur deux mais un attaché de l'ambassade leur avait déjà décrit chaque phase par le menu.

Subborg avait décroché. Retenu pour l'opération Munich, il estimait ne pas devoir, en outre, ingurgiter les données concernant « Berlin ».

Mourad Bellounis ne suivait pas davantage, fixant une ligne de peupliers ployant sous la tempête. D'ailleurs, une fois pour toutes, il estimait ne devoir recevoir d'ordres que d'Amirouche qui, lui, écoutait attentivement.

Nono n'écoutait plus. Il n'écoutait plus depuis qu'il avait découvert un motif dans les failles du mur. Insensiblement, et comme toujours en pareil cas, son regard s'était peu à peu brouillé, reliant certains traits entre eux, prolongeant des droites, coupant des diagonales, fermant des demi-cercles, achevant des pointillés...

La chose lui était déjà arrivée à différentes époques de sa vie.

Petit garçon, il croyait voir un gros bonhomme dans le mur du cordonnier. Un gros bonhomme avec une mâchoire à la Rouault, des yeux carrés et des cheveux coiffés en brosse.

Un type inquiétant mais qu'il retrouvait toujours en quelques secondes là où les autres ne voyaient qu'un mur effrité, lépreux... A tel point, même, qu'une certaine familiarité était née entre l'homme prisonnier dans le mur et l'écolier mal attifé pour affronter les durs hivers.

Le phénomène s'était reproduit bien plus tard, à l'hôpital, peu après que ses amis l'eurent tiré des pattes de la Milice...

Là, ce fut plus remarquable encore.

Lorsque les séquelles de ses blessures – sexe coupé et les dix ongles arrachés à la tenaille – ne le faisaient pas souffrir, il voyait de véritables merveilles et, cette fois, n'importe où.

Il s'en était ouvert à son vieux copain André, un an avant le braquage manqué. Ouvert avec un réel soulagement car cette manie de voir des choses en surimpression de la réalité n'était-ce pas une des formes de la folie, de cette folie qu'il avait toujours redoutée ?

André, du bout de sa canne, avait écrit un mot dans la terre des Buttes-Chaumont : « Poète. »

Nono s'ébroua, observa avec sympathie le pauvre Leptke qui parlait en pure perte de « colonne sèche ». Il eut brusquement envie de sortir, de se promener sous la pluie mais, par sens du devoir, s'obligea à rester et même à écouter Leptke, saisissant au vol les mots « gaine d'ascenscur ».

Puis il se laissa de nouveau distraire par le vent coulis qui se glissait à travers les tôles disjointes de la salle de briefing.

Un vent coulis comme il en avait déjà entendu un… Mais en quelle occasion ?

Leptke n'était pas satisfait. Il trouvait son auditoire assez peu intéressé.

– Des questions ? demanda-t-il.

– T'as pas dit où on trouverait le complément, pour les armes. Je veux dire : les armes lourdes.

Leptke observa Amirouche Bellounis avec satisfaction.

– Les armes lourdes, comme la mitrailleuse, on les prendra aux autres.

Enfin, il conclut :

– Les Chinois sont un peuple admirable. Mais ce n'est pas le cas des hommes de Diem. Alors, pas de généralités, pas de propos racistes.

Il regarda les hommes soudain attentifs :

– De vous à moi, ce serait malvenu : nous formons un groupe… comment dirais-je… assez composite !

Ils se regardèrent en souriant.

13

La nuit était tombée tôt sur la ville où douze hommes méditaient sur l'alternative suivante : le lendemain, ils seraient riches. Ou morts.

Le vent, vif et froid, avait vidé les rues des rares piétons. Les portes des maisons semblaient bien closes sur des foyers où les visiteurs solitaires n'étaient pas attendus. Comme d'habitude, mais davantage encore depuis le début de la crise, la solidarité se portait mal. C'est du moins ce que pensait Forster qui, une grosse écharpe de laine verte autour du visage, marchait dans les rues.

La ville le sidérait toujours autant. Il avait acquis la certitude qu'il y existait des îlots préservés, des ruelles obscures où l'on savait recevoir les amis. Mais tout cela cohabitait avec les beaux quartiers où les types qui avaient réussi sortaient de leur Porsche avec des manteaux de fourrure semblables à ceux que portaient déjà les automobilistes nantis du début du siècle.

Forster pensa que l'histoire était une sorte de serpent qui se mordait la queue. Puis, l'audace de l'image lui fit un peu honte et il songea à ce type qui, à la télévision, avait employé l'expression « philosophie de bazar ». Il n'en voulait pas au type, quoiqu'il lui semblât passablement faisandé. Il le plaignait même plutôt, imaginant le mal qu'il devait se donner pour conserver son image d'intellectuel agressif. Mordant, peut-être ?

Forster éclata de rire. La cohabitation, dans un même univers, entre lui-même et ce brillant sujet, lui semblait relever d'une anomalie.

Forster, mis de bonne humeur, répéta à voix haute : « Philosophie de bazar. »

Forster regarda la pendule d'un bijoutier puis hâta le pas en direction d'un petit restaurant.

Amirouche contempla les restes de son tagine, puis il reporta son attention sur Mourad.

Son petit frère l'inquiétait, se murant de plus en plus dans un silence qu'il était le seul, aujourd'hui, à pouvoir rompre. Il jeta un coup d'œil à la carte et demanda :

– Mourad, un dessert ?

– Pâtisserie ! répondit l'autre.

Amirouche sourit :

– Pour les gâteaux, tu sais l'ouvrir !

Mourad lui jeta un regard brillant et rendit le sourire. Satisfait, Amirouche vida le fond de la bouteille de boulaouane. Puis, brusquement, un détail lui revint :

– Mourad, pourquoi t'as pas pris de vin ?

L'autre baissa la tête mais Amirouche sentit immédiatement l'hostilité de son frère. Il avait une idée sur la question mais, outre qu'elle l'inquiétait vivement, il ne croyait pas opportun de risquer une querelle à la veille du grand braquage.

Le grand braquage ! Il le considérait presque pieusement, tant il était persuadé qu'une seconde chance ne lui serait jamais plus offerte. Il fallait se surpasser, se défoncer complètement, faire en sorte que...

Mourad coupa net le fil de sa pensée :

– Amirouche, maintenant, je vais apprendre l'arabe !

Amirouche se dressa, le poing levé, puis, lentement, se rassit sur son siège.

Il se sentait vieux, maintenant. Très vieux. L'âge, au moins, que devait avoir leur père, qui les avait abandonnés un matin d'été, avec leur mère française, pour retourner en Algérie.

Ce salaud...

Amirouche secoua la tête. Ce soir, tout allait

très mal. Tout allait très mal parce qu'il comprenait tout le monde. A commencer par ce père qui, un jour, avait voulu revoir ses montagnes. Et sa mère, qui avait pris les Algériens en grippe, puis eux-mêmes, au point de les coller à l'Assistance publique. Et puis ce petit frangin qui maintenant voulait apprendre l'arabe.

Une idée le traversa.

– Mourad ! C'est pour ça que tu parles plus français ?

L'autre hocha la tête, sans répondre.

Amirouche ne savait plus quoi dire... Si, peut-être :

– La France, c'est pas notre pays ? D'accord ! L'Algérie, c'est ton pays, toi ? Qu'est-ce qu'ils s'en foutent de toi, là-bas !

Ses paroles lui semblèrent justes. Et creuses. C'était vrai, tout cela, mais ça n'avait pas d'importance. Pas plus que le garçon de restaurant qui les méprisait parce qu'ils avaient commandé du vin.

Pourtant, Amirouche en était persuadé, la vérité était quelque part. Il saurait bien la trouver, lui.

– Mourad, après le coup, je t'explique tout ça !

L'Étoile du Matin, déserte à cette heure, sentait encore les sardines grillées. Le patron était parti se coucher mais, comme il le faisait souvent, il avait laissé les clés à ses deux clients préférés.

Cigare entre les dents et œillet rouge à la boutonnière, l'ex-lieutenant Do Santos accompagnait Axel à l'accordéon. Il jouait lentement, le regard perdu au-delà des rideaux jaunis de tabac du troquet, au-delà du brouillard humide et gris qui dissimulait les eaux sombres du canal. Il jouait cette vieille chanson – qu'aimait tant Axel – en pensant à Lisbonne, à son enfance, à cette sensation étrange lorsqu'à dix ans, pieds nus, il courait sur les pavés brûlants des ruelles.

Il pensa que, par goût, il était un homme des vieux quartiers, des ruelles, des impasses.

Axel, pour une fois, ne perçut pas ce qui se passait chez son compagnon. Il ne pensait pas davantage au braquage du lendemain. Ni aux problèmes que leur occasionnait l'arrivée de tout ce fric. Ils avaient finalement décidé de racheter l'Étoile du Matin. Et de n'entreprendre, surtout, aucune transformation. Ils en feraient leur baraque, une baraque ouverte à tous, à tous les vents.

Tout cela était dans les idées d'Axel. Peut-être parce qu'il se disait libertaire...

Pour l'heure, avec sa lavallière noire et sa main posée sur le cœur façon Montéhus, il avait l'air un peu ridicule. Mais il interprétait *Les*

Petits Pavés, sa chanson préférée. Et plus rien n'existait, pas même cette vague jalousie...

Parce que Aquilo se lèverait, tout à l'heure, et irait rejoindre Nathalie.

Normal, évidemment : Nathalie était sa maîtresse. Abandonnée par un crétin qui la battait, laissée seule avec ses trois enfants alors qu'elle n'avait que vingt-cinq ans, elle avait vu arriver Aquilo Do Santos comme un chevalier.

Bien sûr, elle avait aussi couché avec lui. Mais Axel n'était pas dupe. Les trois ou quatre fois où c'était arrivé, elle avait été gentille, certes, mais comme quelqu'un qui exécute une corvée. Et l'air sombre d'Aquilo... Que le Portugais ait pu demander cela à celle qu'il aimait, à sa façon, avait bouleversé Axel bien davantage que lors du sauvetage in extremis, lorsque trois petits salauds, armés de rasoir, tentaient de lui faire la peau...

Les rêves se brisèrent presque en même temps avec, très loin, le ululement d'une sirène d'alarme saluant à sa manière des visiteurs du soir qui, déjà, devaient être loin.

Aquilo joua les premières notes de *L'Internationale*, se leva, posa son accordéon sur une table de bois, prit Axel aux épaules et le regarda longuement.

Puis, il sortit sans un mot. A quoi bon : ils s'étaient tout dit.

Philippe Subborg mangeait.

Il avait décidé d'attendre le plus longtemps possible, très exactement le moment où son estomac, au supplice, commencerait à se tordre sous les sécrétions d'acide.

C'est que, tant qu'à faire les choses, il estimait devoir les faire totalement.

Il avait choisi une brasserie proche de la gare de l'Est, pour trois raisons. Tout d'abord, aux Armes de Colmar, la nourriture était bonne et abondante. Ensuite, les touristes allemands et alsaciens qui s'y arrêtaient savaient manger, qualité qui, de l'avis de Subborg, se perdait. Enfin, la gare de l'Est constituait, historiquement, le point de départ pour la guerre. Or, au bout du compte, il allait à la riflette, non ?

L'idée le traversa brusquement : et si, en ce moment même, il bectait sa dernière choucroute ? Horreur !

Et puis non : pas question de se laisser distraire.

Il en termina rapidement avec le lard et les saucisses et, sans transition, s'attaqua à la choucroute. Il mastiquait avec application mais ses mâchoires, aiguillonnées par l'angoisse, augmentèrent le rythme, atteignant bientôt leur vitesse de croisière.

L'assiette fut brusquement vide, puis le plat. Subborg fit signe au maître d'hôtel qui arriva aussitôt.

– Monsieur ?

– Une entrecôte.

Le maître d'hôtel, un instant déconcerté, l'observa puis enchaîna très vite :

– Saignante ? A point ?

– Saignante ! répondit Subborg.

Les trois Vietnamiens dormaient sur des lits de camp, dans une petite chambre du seizième arrondissement.

Ils ne se posaient pas de question.

Certes, l'ambassade allait doubler tout le monde mais en quoi cela les concernait-il ?

Leurs familles allaient sortir du pays !

Sortir !

Au complet ! Après des années et des années d'attente alors, les Européens...

L'un des trois Vietnamiens, le plus âgé, culpabilisait un peu au sujet de Leptke qui lui rappelait étrangement un soldat noir américain avec qui il traficotait sur des pièces de rechange de moteur. Un brave type qui apportait toujours des vivres et se laissait arnaquer sans rien dire.

Mais aujourd'hui, l'ambassade avait la donne.

Elle tenait même dans sa main d'acier la totalité du jeu de cartes.

Au point que la véritable question se résumait à ceci : outre Diem, outre les Européens, qui d'autre resterait au tapis ?

L'homme s'était endormi sans répondre à cette question.

Nono lisait.

Ou, plus exactement, relisait. Tous les dix ans, systématiquement, il s'appuyait les *Confessions* de Jean-Jacques Rousseau.

Rousseau l'amusait, lui arrachait des petits gloussements, lui semblait tantôt ridicule, tantôt émouvant. Un type proche et lointain tout auréolé de l'estime des révolutionnaires.

Lorsqu'il pensait à cela, Nono posait son livre sur sa poitrine et songeait aux conventionnels, au Comité de Salut public, aux guerres de Vendée quand la racaille cléricale et les tyrans fuyaient, l'oreille basse, l'arrivée des bleus.

Une armée presque semblable, dans son recrutement, aux camarades des maquis du Limousin.

Nono, sans trop savoir pourquoi, pensa à sa première grenade Gammon.

Puis s'endormit.

Buchalter regardait depuis une heure et demie.

Il ne pensait plus à lui-même, plus au grand braquage du lendemain. Pas plus qu'à sa peur, ou à cette montagne de fric après laquelle il avait couru toute sa vie.

Il ne pensait qu'à regarder sur la courte piste. Comme s'il y puisait des forces.

Il était le seul Blanc de l'assistance et, à vrai dire, sans Leptke, il n'aurait même pas imaginé l'existence de cette boîte.

Leptke dansait depuis une heure et demie.

Il était torse nu, maintenant, comme les deux gars et la fille qui tenaient encore le coup.

D'autres que Buchalter se seraient peut-être inquiétés, à trois heures du matin, en voyant leur chef se défoncer à danser alors que, le lendemain...

Mais pour Buchalter, la question ne se posait pas : Leptke s'en sortirait. Les Leptke s'en tirent toujours, parce que c'est comme ça, une histoire d'instinct, de feeling.

Suffisait donc de rester tout près de lui.

14

Diem regardait la ville à travers l'immense baie vitrée.

Il avait revêtu, comme chaque soir, son uniforme de général de police constellé de décorations.

Il savait que ces décorations ne récompensaient aucunement un quelconque acte de bravoure ou de courage. Honorifiques, glanées aux quatre coins du globe lors de visites officielles ou protocolaires, leur fonction consistait essentiellement à impressionner les imbéciles.

L'ex-général de police, la main gauche dans la poche de son pantalon, tenait, de l'autre main, une coupe remplie de champagne et de framboises.

Il se sentait mélancolique et le spectacle du vent d'hiver tourbillonnant sur l'immense dalle du Chinatown en se jouant de quelques papiers prenait valeur de symbole : lui-même, qu'était-il donc sinon un de ces vieux journaux envoyés ici ou là par un vent capricieux ?

Ce constat, amer, acheva de le démoraliser.

Il régnait sur le Chinatown, certes, et par la terreur, comme il se doit pour un policier de haut rang. Mais de quelle autonomie disposait-il ?

L'argent ? Il pouvait puiser à peu près ce qu'il voulait dans les caisses mais, comme ces apprentis de pâtisserie à qui l'on permet de se servir à volonté, à condition, toutefois, qu'ils n'emportent rien chez eux, la saturation arrivait très vite. Plus vite, en tout cas, qu'il n'aurait imaginé.

Lui non plus n'avait pas le droit d'exporter le moindre dollar hormis, bien entendu, les sommes astronomiques qu'il faisait parvenir aux véritables patrons de Hong Kong, Macao ou San Francisco.

Il soupira.

L'air du Chinatown lui sembla irrespirable et l'idée lui vint qu'une fois de plus, on conspirait contre lui.

La Deuxième Force, bien entendu. Ce ramassis de vieux crétins, pseudo « sages » entourés des bonzes fanatiques du Bloc religieux.

Diem secoua négativement la tête comme si tout cela était déplorable mais inéluctable.

On avait voulu le manœuvrer, lui !

On avait voulu lui faire croire que la prétendue Deuxième Force et le Bloc religieux représentaient deux entités distinctes, voire antagonistes. Alors pourquoi, depuis trois mois, les chefs de ces soi-disant groupes rivaux se réunissaient-ils en une seule et même assemblée, secrète au demeurant ?

Diem avala une gorgée de champagne, fixant les lumières rouges aux sommets des tours.

Il n'avait aucun doute ! Ce qu'il redoutait le plus s'était réalisé, là, à quelques centaines de mètres de son quartier général : ses ennemis avaient constitué, sinon une fusion, à tout le moins un front uni avec, probablement, un pacte d'unité d'action. Et leurs sales espions, qui fourmillaient dans son entourage immédiat, devaient mettre leurs renseignements en commun.

Finis, les beaux jours. La confrontation ultime, celle qu'il avait eu l'intelligence de retarder au maximum, approchait à grands pas.

Eh bien, qu'ils y viennent !

Il disposait de quatre cents hommes sûrs, triés sur le volet et armés de pied en cap. Et encore ces chiffres ne prenaient-ils pas en compte les « réservistes ».

Les réservistes ?

Diem ébaucha une grimace. Un ramassis de lâches, oui ! Des gars qui le haïssaient et qui, au jour de la lutte finale, ignoreraient les convocations.

A moins qu'ils ne passent à la Deuxième Force avec armes et bagages.

Un cri le fit se retourner. Il jeta un regard froid à l'un de ses hommes, véritable colosse, qui tenait une adolescente dans chaque bras.

Sa garde !

Là, au moins, rien à craindre. Ceux-ci, il avait su les combler tout en les compromettant dans les pires exactions, celles qui constituent un point de non-retour : la certitude de l'impossibilité d'une négociation avec les vieilles momies ossifiées de la Deuxième Force.

Diem retourna à la contemplation de la nuit. Décidément, il aurait dû s'opposer avec la dernière vigueur à cette maudite fusion. Le Bloc religieux représentait environ cinq à six mille personnes. Incorporées aux gros bataillons de la Deuxième Force : on atteignait les effectifs d'une division d'infanterie. Une fois ôtés les femmes, vieillards et enfants cela laissait un chiffre de trois mille hommes en état de se battre.

Un frisson parcourut le général de police.

Il n'avait pas peur mais…

– Comme dans du beurre ! dit-il à voix haute, ébauchant un sourire.

Il existait un revers à la médaille de la Deuxième Force : l'honorabilité de ses membres. De pauvres pleutres de petits commerçants qui, au pays, avaient pris grand soin d'éviter le service militaire et, a fortiori, la guerre.

Des types qui n'avaient même pas sous la main un spécialiste pour les instruire.

Il songea aux diplomates de l'ambassade en souriant. Que les conservateurs, les fieffés réactionnaires et ces idiots de bonzes aient été jusqu'à prendre contact avec les révolutionnaires de l'ambassade, et cela par l'entremise des quelques salauds de communistes du Chinatown qui avaient échappé à sa répression, voilà bien tout le piquant de la situation !

Il revit le prétendu « chauffeur » de l'ambassade arrêté par ses hommes alors qu'il sortait de chez Fu, la vieille ordure, chef incontesté de la Deuxième Force.

Le salaud de soi-disant « chauffeur » n'avait pas lâché un mot, préférant s'empoisonner avec la pilule de cyanure dissimulée à l'intérieur d'une dent creuse : comportement étrange pour un simple chauffeur, n'est-ce pas ?

Mais qu'importe, sa capture prouvait la collusion. Et sa tête ne laissait aucun doute : à l'époque de la guerre civile, le « chauffeur » de l'ambassade avait servi en qualité de commissaire politique, avec le grade de commandant, dans une unité de blindés nordistes.

Un sentiment d'intense satisfaction envahit le général. Du beau travail ! Capture et identification en moins de quatre jours. Qui dit mieux ?

Une adolescente, très dévêtue, lui apporta une nouvelle coupe de champagne posée sur un plateau d'argent.

Diem saisit la coupe de cristal du XVIIIe siècle entre ses doigts délicats et, s'étant à demi retourné, regarda vers le centre de l'immense salon.

Il exigeait de ses hommes le port d'uniformes d'avant le changement de régime. Des colonels, des commandants et une vingtaine d'officiers subalternes de toutes armes s'agitaient donc avec cette balourdise qui, parmi la galonnaille du monde entier, se perçoit comme de la classe.

Mais Diem, qui les considérait d'un regard altéré par la confraternité, y voyait une glorieuse « Armée blanche ».

Depuis quelque temps, d'ailleurs, la saga des Russes blancs le passionnait et il lui arrivait de prendre des attitudes empruntées à Koltchak, Denikine ou Wrangel. L'inéluctabilité de leur destin le fascinait.

Mais Diem, cependant, ne nourrissait pas d'amour maladif pour la patrie perdue.

Son pays, essentiellement rural, du moins dans la partie méridionale dont ils avaient si longtemps conservé le contrôle, ce pays de rizières, de buffles et de paysans grossiers l'assommait. Au fond, il lui semblait même qu'il avait toujours été taillé sur mesure pour les révolutionnaires.

Il songea à cette carte du monde, sur soie, qui ornait un des murs de sa chambre. Les pays « libres », en jaune, dominaient encore les pays représentés en rouge.

Il n'existait de place pour aucun autre type de régime : on appartenait à un camp, ou à l'autre.

Fixant une fumée d'usine blanche qui montait de la banlieue, il lâcha :

– Ce n'est plus un globe terrestre, c'est un club privé.

La formule, cent pour cent typique de ce que ses hommes appelaient avec fierté l'« esprit Diem », le flatta. Un chef se doit d'avoir le sens de la formule.

Même les « autres » l'avaient compris. Mao Tsé-toung, par exemple, ne disait-il pas quelque part, très justement : « Une tête coupée ne repousse pas » ?

Il se loua une nouvelle fois d'avoir su militariser son entreprise. Très exactement ce que ceux de la Deuxième Force ne comprendraient jamais. Parce que, dans l'hypothèse – il ébaucha une grimace de mépris – où l'un d'eux parviendrait à l'assassiner, par traîtrise, un autre prendrait sa place. Un autre qui aurait compris la nécessité de l'organisation militarisée. Et la Deuxième Force retomberait en esclavage.

Diem soupira et quitta sa place, près de la baie vitrée.

La coupe de champagne à la main, il se promena parmi les femmes « retenues » pour la soirée.

La plupart avaient les hanches trop larges et les fesses trop charnues pour son goût, si bien qu'une fois encore, son regard se posa, en s'attardant, sur la taille minuscule du jeune capitaine Ly.

Le général tapota une des poches de poitrine de sa vareuse tandis que son autre main s'aventurait entre les fesses du capitaine.

Toute sa bonne humeur lui revint.

Il n'y aurait pas de bataille rangée dans le Chinatown. Pas de luttes sanglantes au coupe-coupe. Rien qui puisse attirer l'attention des autorités et des médias autochtones, et notamment de son « grand ami » qui occupait une fonction dans la municipalité.

Il suffisait de conserver précieusement le papier actuellement plié en quatre dans la poche de sa vareuse.

Un papier qui contenait les noms de cinquante-trois dirigeants de la Deuxième Force, du Bloc religieux, de l'Association sportive et du Centre culturel.

Un bon coup de balai pour disperser la vermine et asseoir, définitivement cette fois, son autorité. Une autorité qu'il était déterminé à ne laisser contester par personne, et d'aucune façon. Pour le moindre murmure, une seule peine : la mort.

Cinquante-trois hommes le séparaient du pouvoir absolu. Cinquante-trois hommes qu'il suffisait d'arrêter le plus discrètement possible.

Entraînant le capitaine Ly par la taille, le général se dirigea vers le grand divan en U qui occupait une partie de la pièce.

Aussitôt, ses hommes s'approchèrent.

Le général, en grande forme, allait leur montrer de quel curieux bois il se chauffait...

15

Au même instant, le minicar Mercedes orange frappé, sur les flancs, de l'inscription « Institut dentaire George Eastman » traversait l'enfilade de parkings enterrés sous les tours dont les noms rappelaient les grandes villes d'Allemagne et d'Angleterre, ainsi que l'avaient demandé les promoteurs germano-britanniques qui avaient cofinancé l'ensemble, ignorant qu'en moins de dix ans, leur « cité tout repos » deviendrait le plus grand Chinatown d'Europe.

Les lumières provenant des tubes néons se réfléchissaient une à une sur la carrosserie mouillée de pluie.

Dehors, la nuit devenait plus opaque, les étoiles se voilant de brume.

Le vent s'engouffrait avec violence dans tous les coins et recoins du Chinatown. Ses hurlements semblaient harceler les tours comme une meute de chiens de chasse tandis que, dans les souterrains, une longue plainte, lugubre et isolée, poursuivait les rares passants.

Sans que son conducteur ait manœuvré les clignotants, le minicar se rangea en douceur à proximité d'un ascenseur surmonté des lettres « HEIDELBERG » en caractères noirs sur fond blanc.

Six hommes armés et lourdement chargés en descendirent sans faire le moindre bruit.

Ils portaient des uniformes de drap bleu marine et des bérets noirs frappés d'un insigne doré qui représentait deux glaives croisés.

Sur l'épaule droite, un écusson cousu indiquait : « D.K.F.-Surveillance. »

Leurs rangers, enveloppées de chiffons, ne firent aucun bruit lorsqu'ils parcoururent les quelques mètres qui les séparaient de l'ascenseur.

Il était vingt et une heures passées de quelques secondes.

L'opération Brouillard d'Automne venait de débuter.

Deuxième partie

L'ATTAQUE

16

Do Santos sortit de sa poche une clé qui libéra la porte, puis il pénétra dans le trémis.

Il attendit que les cinq autres l'eussent rejoint et adressa un signe à l'Asiatique qui patientait à l'extérieur de la gaine.

Pour toute réponse, l'homme montra une clé identique à celle de Do Santos.

C'était une clé ordinaire comme en possèdent les pompiers ou les services de sécurité.

La porte se referma derrière l'Asiatique et, presque avec ensemble, les six hommes levèrent la tête. Par l'effet de la perspective, les étroites parois de béton semblaient se rejoindre, là-haut, très loin.

Amirouche Bellounis, visiblement très tendu, questionna d'un ton qu'il aurait souhaité dégagé :

– T'es sûr que l'ascenseur ne va pas descendre ? S'il descend, il va nous écraser la gueule, non ?

Subborg approuva.

– C'est vrai, ça, s'il descend, on va être laminés tout le long de la paroi.

– D'autres questions ? demanda froidement Do Santos.

Comme personne ne répondait, le Portugais expliqua :

– C'est une gaine, une simple réservation permettant le passage de quelque chose, en l'occurrence : un ascenseur. Alors regardez pas ce truc comme si c'était Stalingrad. En plus, l'ascenseur est bloqué par une panne au vingt-huitième étage et si, par hasard, il était réparé pendant que nous sommes dans la gaine, vous verriez d'abord les câbles bouger.

Subborg affecta un air entendu, comme s'il était le porte-parole des autres :

– On nous a pas dit quel genre de panne c'était. Et nous, on estime qu'on a le droit de le savoir.

Do Santos haussa les épaules.

– Qu'est-ce que ça peut te foutre ? T'es expert en ascenseurs ? La panne, même Trois-Doigts ne doit pas en connaître la raison exacte. Si t'avais écouté, il a expliqué qu'un rien suffit : un coup dans le plafonnier, un paquet de clops coincé dans la porte, n'importe quelle perturbation mineure. En outre, c'est un Otis de série, déjà démodé et fragilisé par dix ans de service. Ça te suffit ?

Déjà, sans prêter attention à la conversation en cours, Forster avait ôté son sac à dos. La grosse torche qu'il tenait à la main éclairait une échelle de nylon installée quelques heures plus tôt par un homme de la Deuxième Force infiltré chez Diem. Le faisceau de la lampe poursuivit un instant sa course puis se perdit dans les étages supérieurs.

– C'est haut ! murmura Nono.

Forster se retourna, observa Nono et lui dit :

– Je serai derrière toi, t'as pas de mouron à te faire.

Nono n'eut pas le temps de s'étonner car Do Santos précisait :

– Plancher compris, ça fait très exactement deux mètres soixante-dix à multiplier par vingt-sept étages.

Subborg, décidé à faire de l'obstruction, rétorqua :

– Et alors ? Pourquoi est-ce qu'on sort pas directement au vingt-huitième étage ? C'est là qu'ils sont terrés, ces fils de pute, non ?

Personne ne broncha. Il se méprit sur la nature de ce silence et ajouta :

– C'est tellement plus logique ! On sort au

vingt-huitième et on bousille tout ce qui bouge ; qu'est-ce qu'il y a à dire à ça ?

Do Santos, agacé, répondit :

– D'abord, gueule pas si fort ! Ensuite, au vingt-huitième, il y a l'ascenseur en panne. A moins que t'ambitionnes de l'attaquer au chalumeau...

Subborg s'efforça d'ignorer les sourires qui l'environnaient :

– O.K. ! Alors, le problème, c'est quoi ? Il y a trois sentinelles au rez-de-chaussée ? Bon, très bien : on monte par l'échelle au premier ou au second, on en ressort tranquillos et on s'envoie les étages qui restent par l'escalier, comme tous les gens intelligents.

– Escalier où on risque de rencontrer des Chinois qui, d'un air « tranquillos », détailleront nos flingues et nos équipements avant de donner l'alerte « comme tous les gens intelligents ». T'es vachement inventif, le gros ! répondit Forster.

– Et merde ! Toi, si tu m'appelles encore le gros...

Subborg s'interrompit, perplexe, puis reprit :

– Mais... pourquoi pas buter les sentinelles du rez-de-chaussée ? Ils sont juste au-dessus de nous, c'est facile, non ?

– T'as rien écouté ! dit Do Santos d'un air réellement peiné.

Les hommes attendaient un signal. Ils s'étaient assis sur leurs sacs à dos pour être plus à l'aise.

Forster, qui introduisait un chargeur courbe dans son pistolet mitrailleur Scorpion 61 muni d'un silencieux, jeta un regard à Subborg :

– Les gardes du rez-de-chaussée, ceux qui sont au-dessus de nos têtes, sont en relation permanente avec les types du vingt-huitième, par talkie-walkie. Bute ces sentinelles et imagine que ceux du vingt-huitième appellent : tu donneras l'indicatif ? En chinois ?

– Un appareil peut tomber en panne, non ? répliqua Subborg assez sèchement.

– Un appareil, oui. Trois, en même temps : non.

Leptke, au volant d'une Mercedes sombre garée dans une large avenue voisine, attendait. A ses côtés, Buchalter observait d'un air mélancolique les rafales de vent qui soulevaient les stores des magasins. Il aurait aimé que ce même vent soulevât les jupes des passantes. A ceci près qu'il n'y avait pas la moindre passante en vue.

Sur le siège arrière, Axel sifflotait *La guinguette a fermé ses volets* depuis une quinzaine de minutes et sans se rendre compte qu'il commençait sérieusement à agacer ses deux compagnons silencieux.

Il se tut cependant dès le début de la liaison radio :

– Ici Honey Pie Doolittle, à vous !

Leptke reprit aussitôt, très calmement :

– Rising Sun Runaway. Je suppose que c'est cinq sur cinq !

La voix nasillarde de Do Santos semblait cependant amusée.

– Manqueriez-vous d'éléments d'appréciation, Runaway ?

Leptke sourit à son tour puis demanda :

– Quelles nouvelles, Doolittle ?

– Excellentes, Runaway ! Le commis a rencontré l'intermédiaire auprès du restaurant. Il estime que nous devrions pouvoir livrer les petits pains d'ici une heure.

– Bien reçu, Doolittle. Autre chose ?

– Cette livraison nous fera du bien, Runaway. Depuis quelque temps, nous nous sentons à l'étroit et l'ambiance s'en ressent vivement. Terminé !

– N'attrapez pas froid, Doolittle !

Leptke sourit et se tourna vers Buchalter.

– Ça a l'air super bien emmanché ! Le type de la Deuxième Force a fait passer le mot au gars de l'ambassade qui a prévenu les nôtres : la beuverie est bien avancée.

– Alors...

Leptke envoya une bourrade à son ami.

– Alors ça veut dire qu'ils vont monter là-haut et attendre bien tranquillement qu'on leur fasse signe.

– Ça va sacrément plus vite que j'aurais imaginé ! répondit Buchalter.

Leptke regarda sa montre.

– C'est une impression.

– T'avais compté large, non ?

– J'avais compté avec la possibilité d'un emmerdement, surtout au niveau des transmissions.

Puis, voyant Buchalter hocher la tête, il ajouta :

– Non, pas ça. Je voulais dire au niveau des transmissions orales. Tu vois, ce qui me fout le plus les jetons, c'est toute la partie du plan qui ne dépend pas directement de nous. Si... s'il devait y avoir un pépin, je suis sûr que ça viendrait de nos... alliés.

17

Les six hommes attendaient dans la gaine d'ascenseur de la tour Heidelberg, à hauteur du vingt-septième étage, leurs têtes à quelque quatre-vingt-dix centimètres des semelles de Diem et de son état-major.

Ils avaient installé une passerelle entre les cloisons de la cage d'ascenseur à l'aide de tubes d'aluminium et selon une technique très usitée dans le bâtiment.

C'est de ce palier provisoire qu'ils comptaient investir le vingt-septième étage avant de grimper, par l'escalier, au vingt-huitième.

Ils murmuraient, sachant que les sons portent loin compte tenu de l'acoustique, et cela malgré le hurlement du vent qui, à cette hauteur, semblait presque surnaturel.

En outre, ils devaient guetter le signal : trois coups, suivis de deux autres à trois secondes d'intervalle, tapés contre la porte d'acier de l'ascenseur.

Amirouche Bellounis observa son frère Mourad chargé de guetter le signal. Il aurait pu s'arrêter à la parfaite concentration du jeune homme, à son sérieux, à sa rigueur, même, mais une seule pensée lui vint : « Apprendre l'arabe ! » Il y songea avec un mélange d'incompréhension et de tendresse, se demandant si, lui aussi, n'aurait pas dû...

Il s'ébroua et se pencha vers Do Santos qui, les jambes dans le vide des vingt-six étages, examinait calmement le mécanisme de son Scorpion 61 d'origine tchèque.

Quelque chose lui plaisait dans ce type habitué à commander et qui n'utilisait son autorité que pour clarifier l'opération. Bellounis s'enhardit :

– Et la colonne sèche, c'est quoi, au juste, ce machin ?

Do Santos leva la tête et, posant son index devant ses lèvres :

– D'après Leptke, dans les I.G.H. [1], c'est là qu'on fait passer la gaine E.D.F. et les sources d'alimentation sans fluides liquides.

– Et nous, là, on aurait pas pu passer par là ?

– Non. Pour des questions de sécurité, c'est

---

1. Immeuble de grande hauteur.

recoupé à chaque étage. Si tu veux, il n'y a aucune communication. Ça prouve que les architectes pensent pas aux braqueurs.

Bellounis sourit.

– Mais tout là-haut, qu'est-ce que c'est, au juste ?

– Au-dessus de l'ascenseur ?

– Ouais, au-dessus du dernier étage : ça se présente comment, exactement ?

Do Santos fit claquer son chargeur, levant immédiatement la tête, comme un gamin pris en faute :

– Merde, on fait trop de bruit.

Puis, voyant Bellounis qui l'observait :

– Qu'est-ce que tu me demandais ?

– Ce qu'il y a, là-haut.

– Ah ! C'est le local des poulies.

Forster, d'un geste, les fit taire. Il avait une ouïe extraordinairement développée qu'il attribuait à son enfance à la campagne, au braconnage dans les chasses des rupins, aux longues nuits dans les forêts.

Les hommes regardèrent Mourad qui confirma d'un petit signe de tête.

Retenant leur respiration, ils entendirent un bruit de pas qui allait en s'amplifiant et qui venait du palier où ils se trouvaient. Ils eurent tous le sentiment que l'homme était à portée de main.

Puis, distinctement, on frappa trois coups contre la porte d'acier. Il y eut un court intervalle et, de nouveau, deux coups. Le bruit de pas reprit aussitôt, la porte de l'escalier se referma et le martèlement des pas s'éloigna avant de disparaître tout à fait. Les visages, tendus, se tournèrent vers Nono qui venait de constater :

– Merde, c'est le signal !

La tension persista quelques instants puis, d'une voix très calme, Do Santos ordonna :

– Préparez-vous, les gars. Juste les P.M. et les armes blanches. On reviendra prendre le matériel après.

Il hésita et ajouta :

– Armez les P.M. Et vérifiez vos silencieux.

Les culasses claquèrent. Couteaux, poignards et baïonnettes furent sortis et rapidement inspectés avant de regagner les étuis soigneusement graissés. Certains, comme Nono ou Subborg, enfoncèrent leur béret noir sur leur tête tandis que d'autres, tel Forster, l'inclinèrent sur le côté.

Do Santos inspecta ses hommes puis s'activa sur le poste émetteur. Ses gestes pouvaient sembler exagérément lents mais nul, à l'exception de Forster, n'imagina qu'il s'agissait en fait d'un exercice mettant en jeu la volonté.

La voix de Do Santos, toujours calme et posée, établit le contact :

– Honey Pie Doolittle appelle Rising Sun Runaway. Vous m'entendez, Runaway ?

La voix de Leptke, très claire – mais aussi terriblement tendue –, répondit aussitôt :

– Ici Runaway : je vous reçois cinq sur cinq, Doolittle. Vous avez du neuf ?

Do Santos ne put s'empêcher de sourire, captant au passage les rictus de ses camarades :

– Les petits pains vont brûler, Runaway. On livre. Terminé.

– On arrive, Doolittle.

Se servant d'un tournevis en guise de rupteur, Forster procéda au déblocage des portes en créant un contact électromécanique.

Les portes s'ouvrirent. A la lueur des torches, le palier apparut, sombre et désert.

Aussitôt, le commando s'élança.

18

Les six hommes gravirent prudemment les degrés de ciment de l'escalier reliant le vingt-septième au vingt-huitième étage.

Do Santos marchait en tête tandis que Forster fermait la marche, montant l'escalier à reculons, pistolet mitrailleur braqué vers l'ombre.

Ils s'engagèrent dans le couloir à la suite de Do Santos qui s'immobilisa à quelques mètres d'un Chinois bâti en colosse, posté en faction devant une porte d'où parvenaient des cris, des rires et de la musique.

Le Chinois détailla le commando longuement, gravement, comme s'il confrontait ce qu'il voyait avec une description qu'on lui aurait faite au préalable.

L'examen dut tourner à l'avantage de Do Santos et de ses hommes car le colosse leva trois doigts de la main gauche – l'allusion à Leptke servant de signe de reconnaissance.

Avec un parfait synchronisme, les hommes du commando, prêts à faire feu, se groupèrent derrière la sentinelle.

Le colosse chinois ouvrit la porte avec une étonnante douceur avant de s'effacer et de disparaître vers l'escalier.

Appliquant à la lettre le plan convenu, les frères Bellounis se ruèrent à l'intérieur et se plaquèrent contre le mur de gauche, couchant en joue l'assistance médusée.

Subborg et Do Santos, qui les suivaient, obliquèrent de l'autre côté, se plaquant contre le mur de droite.

Venant immédiatement derrière, Nono avança droit vers l'intérieur, fit trois pas et mit un genou à terre, l'arme braquée vers la mezzanine du duplex.

Forster, qui fermait la marche, s'encadra entre les montants du chambranle.

La trentaine d'hommes et de femmes, bouche bée, regardaient les six hommes en uniforme tenant des pistolets mitrailleurs munis de silencieux. Sous les bérets noirs à insignes dorés, les visages des six tueurs paraissaient presque inexpressifs.

L'esprit de Diem travaillait à une vitesse stupéfiante. D'emblée, une seule question l'avait préoccupé : « Qui ? »

En moins de temps qu'il n'en faut pour allumer une cigarette, il avait déjà rejeté l'hypothèse d'un coup monté par l'ambassade : celle-ci avait ses tueurs, en aucun cas des Européens. Fussent-ils révolutionnaires.

C'est presque aussi rapidement qu'il rejeta l'hypothèse de mercenaires, tueurs professionnels et militaires en rupture d'armée, payés par les vieilles momies de la Deuxième Force et du Bloc religieux : cela, il les en croyait incapables.

Un braquage ! Un simple braquage ! Les sommes transitant ici avaient fini par attirer une bande de desperados. Car enfin, il avait des accords avec le « milieu » local, non ? Cette idée le rassura, en même temps qu'elle traçait sa ligne de conduite : céder ! Céder tout, sans discuter ! Il serait toujours temps de retrouver ces types et de leur faire payer ces quelques instants désagréables.

L'optimisme allait le gagner lorsqu'il comprit que tout était fini, qu'il n'aurait jamais le temps d'arrêter le geste de...

Mourad Bellounis fut le premier à voir la main du capitaine Ly se refermer sur le canon d'un pistolet mitrailleur S.I.G. modèle M.P. 310 dissimulé sous un oreiller.

Sa rafale fut comme un signal : Do Santos et ses hommes ouvrirent le feu.

Ils tiraient posément, par courtes rafales ajustées avec le plus grand soin, exactement comme si leurs munitions étaient contingentées, ce qui était loin d'être le cas.

Les corps des officiers sursautaient, se cabraient, bondissaient sous les impacts.

Un jeune Chinois, vêtu d'un uniforme de sous-lieutenant, un coupe-coupe dans une main et un 357 dans l'autre, regardait la scène, ahuri ; mais sa fascination venait moins du carnage – c'était également un tueur – que du silence des armes : à peine davantage de bruit que ces bouchons de champagne qui sautaient, il y a encore quelques minutes. Il n'eut d'ailleurs pas le temps de s'interroger davantage : une courte rafale tirée par Amirouche Bellounis lui découpa la calotte crânienne.

Puis, on n'entendit plus que quelques râles.

Do Santos ôta son chargeur et demanda d'une voix glaciale que les autres ne lui connaissaient pas :

– Les ordres sont clairs : il faut un volontaire pour achever les blessés.

Personne ne répondant, Do Santos reprit d'un

ton qui, cette fois, laissait percer un découragement évident :

– J'abandonne cinq briques sur ma part à celui qui finit le travail.

Subborg s'approcha.

– Ça m'intéresse mais je trouve que ça vaut plus.

– Je te file cinq briques aussi, dit Nono.

Les autres acquiescèrent et, bientôt, Subborg s'approcha des premiers corps qu'il retournait de l'extrémité de sa ranger... Puis, d'une voix amusée, il lança :

– Eh, les gars, il y a un vrai général. Avec des étoiles et des galons dorés. Et il respire encore, l'ordure !

Diem, les yeux déjà voilés, regardait les six tueurs. Certains avaient l'air de le plaindre, de compatir, ce qui l'étonna. D'autres souriaient.

Do Santos, après un échange de regard avec Forster, acheva le général d'une balle dans la tête en maugréant :

– Je vois pas le plaisir qu'on peut prendre à regarder un type crever !

Subborg avait accompli sa besogne, sans états d'âme, ignorant avec superbe les regards désapprobateurs de ses compagnons dont il commençait à penser qu'il s'agissait « d'une bande de sinistres tapettes ».

Nono avait ouvert la baie vitrée, moins pour fuir l'odeur de cordite que pour échapper au spectacle.

Forster le rejoignit, s'accouda à côté de lui, contempla les tours fantomatiques à travers le brouillard puis dit d'une voix calme :

– Je crois pas, tout de même, qu'il s'agissait de types très bien. T'as vu les photos ?

– Quelles photos ? demanda Nono sans tourner la tête.

– Tous ces types-là, ou presque, posaient, dans leur pays, à côté des corps de ceux qu'ils avaient attrapés. Pas très joli !

– Et les gonzesses, et les deux adolescentes : des ordures ? des tortionnaires ?

Forster se tut et continua à scruter la nuit d'hiver. Son visage semblait plus juvénile que jamais, surtout ainsi, de profil, avec son nez court parsemé de taches de rousseur. Presque un gamin, pensa Nono.

– Chez nous, commença Forster, avant qu'on soit chassés, y a pas si longtemps... parfois, on faisait des battues pour débusquer des renards. J'avais rien contre les renards, ni pour, mais ils avaient la rage.

– Les femmes qu'on a tuées tout à l'heure n'étaient pas enragées ! répondit Nono.

Forster sourit.

– Faire le tri entre le bien et le mal, le juste et l'injuste, ça fait très père noble, mais moi, je suis pas un père noble. Je suis un tueur, Nono, et je crois qu'ici, je suis pas le seul.

Nono se redressa légèrement.

– T'en es arrivé à ça comment ?

– Est-ce que je sais ? Tout ce que je sais, c'est que j'avais jamais réfléchi à ça. Seulement on m'a chassé de chez moi avec mon vieux qui en est mort, dans un taudis d'Aubervilliers. Les derniers temps, il me parlait de meules... Il faisait ses meules à l'ancienne, il m'a appris ça comme un art.

Il se tourna vers Nono et reprit, le visage resplendissant à l'évocation longtemps retenue de souvenirs anciens :

– Faire les meules avec p'pa dans le soleil levant... parce qu'après, il faisait trop chaud...

Il retourna à sa contemplation de la nuit, aux crêtes rougies des tours balisées.

– On m'a arraché à ça pour me jeter dans cette ville pourrie. C'est ça, la vraie violence : imposer aux gens une vie qu'ils n'ont pas choisie. Je suis un produit de ça, comme tous les gars qui sont ici, je suppose...

D'un geste vague, il désignait le reste du commando : Do Santos, affairé sur son poste émetteur ; les frères Bellounis, un peu empruntés au milieu du carnage, comme des provinciaux craignant de commettre un impair ; Subborg, qui détroussait les cadavres, vidant les portefeuilles, arrachant montres et bagues et poussant des exclamations joyeuses lorsque la prise était bonne, ce qui semblait être souvent le cas.

Nono observa Forster avec des yeux rajeunis de quarante ans. Forster qui lui rappelait irrésistiblement certains maquisards, ceux qui, d'instinct, savaient qu'ils n'en sortiraient pas, avec, pour seul choix, la mort ou la capture.

Leptke, au volant d'une camionnette Ford Transit dont la carrosserie portait l'inscription « Hong Kong & Macao Générale de Soja », se retourna vers Axel.

– T'as bien tout pigé ?

Axel hocha la tête. Apparemment peu convaincu, Leptke ajouta :

– Planque le talkie-walkie dans ton lardos. Ici, t'es au pied de la tour Berlin. Trois Chinois, nos « manutentionnaires », vont se présenter en montrant trois doigts de la main gauche : qu'est-ce que tu fais ?

Axel sourit. Il avait réellement l'air d'un clochard, ce qui était le but de son déguisement. Il passa sa main sur une barbe de trois jours et répondit :

– Je les dirige vers l'ascenseur du sous-sol. Avec la clé que tu m'as remise, je les fais entrer dans la gaine de l'ascenseur et je les fais attendre.

– Si tu rencontres d'autres Chinois, ennemis ou neutres ? demanda Leptke.

– Je m'écroule dans les poubelles. Je suis un des dix ou quinze clodos qui vivent dans les sous-sols, tolérés par les citrons.

– Évite ces mots-là ! dit Leptke, contrarié.

Axel sourit de nouveau :

– Je retire le mot « citron » qui est pourtant un bien joli mot.

Buchalter prit le relais.

– Compte dix minutes. On emmène le commando de Nono à la tour Munich puis on prend Do Santos et on le ramène ici. Si on est pas là dans les délais qu'on a fixés, tu disparais.

– Vu !

La camionnette démarra en douceur et se dirigea vers la tour Heidelberg.

Buchalter regarda sa montre en disant :

– Ils ont dû redescendre. Ils ont même dû liquider les factionnaires que Diem avait laissés au rez-de-chaussée. Tu leur as dit quelque chose, pour les corps ?

– Ils doivent les avoir emmenés avec eux, au fond de la gaine.

19

Leptke roulait lentement, préférant laisser le temps à d'éventuels guetteurs de lire l'inscription « Hong Kong & Macao Générale de Soja ».

Il se sentait bien.

Enfin, presque bien, compte tenu des circonstances.

Parce que tous ces cadavres, là-haut... Il se raisonnait, se persuadait qu'il s'agissait d'une misérable racaille, la lie de l'ancien régime politique avant l'écroulement militaire de la dictature et l'exode. Vang, qui semblait bien connaître la question, le lui avait certifié, non ?

Il se concentra sur l'incidence du succès initial. Diem, tout ce qu'il y a de mort, « Heidelberg » tombée comme une fleur, c'était la garnison défendant le trésor qui se trouvait décimée. Donc, les types les plus dangereux, capables de rallier « Berlin », en partant du sommet de « Heidelberg », en moins de quatre minutes, armes semi-lourdes comprises !

L'opération Heidelberg, clé de voûte de l'ensemble, était un triomphe et il n'y avait pas à revenir là-dessus, sinon pour se fouetter le moral.

Il se tourna vers Buchalter qui répliqua par un clin d'œil appuyé puis, dans le rétroviseur, il observa Nono, Subborg et Forster.

Malgré la fatigue prévisible d'un second assaut, l'équipe avait l'air parfaitement calme et tranquille, ce qui accentua l'impression de confiance de Leptke. Ces gars-là lui semblaient tout à fait capables de s'emparer du poste d'observation – et de défense – qui pouvait interdire l'approche de la tour Berlin.

Nono ? Le sang-froid, la sagesse, l'économie de mouvement et l'expérience des maquis. A moins d'un problème cardiaque – Leptke croisa fugitivement deux doigts de la main droite pour conjurer le mauvais sort...

Subborg ? Un sale con, avide, égoïste, qui ne pensait qu'à sa gueule. Mais aussi un type prêt à tout pour réussir une opération qui lui permettrait de profiter de la vie à tout berzingue. Et pendant longtemps !

Forster ? Un gars d'un calme olympien, se maîtrisant parfaitement, sûr à deux cents pour cent. Mais sans doute aussi le plus imprévisible en ce qui concernait les interprétations personnelles. Leptke eut du mal à cerner sa pensée. Oui, un gars qui laissait échapper parfois – mais était-ce involontaire ? – un haussement de sourcil, un regard amusé... Un type secret et en même temps curieux de la vie et des autres comme le sont certains adolescents.

Leptke sourit : et puis que penser d'un tueur qui, il le voyait parfaitement dans le rétroviseur intérieur, était actuellement occupé à caresser un canard de Barbarie ramené de l'état-major chinois ?

Il reporta son attention sur l'asphalte puis repéra l'entrée souterraine de « Munich ».

Il freina en douceur et, arrêtant d'un geste Nono qui s'apprêtait à ouvrir la porte latérale du fourgon Ford :

– N'oublie pas, Nono : dès que vous êtes maîtres de la place, vous nous appelez en priorité absolue, avant même de foutre la MG 34 en batterie. Nous, on se lancera aussitôt à l'assaut de « Berlin ». D'accord ?

– Vu !

– Si en forçant le passage tu vois un des Chinois affairé sur sa radio, t'as pas à paniquer : ils sont reliés au P.C. de « Heidelberg » et « Heidelberg » ne répond plus.

Nono hocha la tête.

– Tu seras où, toi ?

Leptke désigna le parking.

– Je vais être forcé de me garer dans un coin du parking parce que je peux pas prendre le risque de circuler trop longtemps.

– Et Do Santos, comme prévu ?

Leptke regarda Buchalter.

– Non, on a été obligé de changer parce qu'on nous a signalé un réparateur de chez Otis.

– Pour « Heidelberg » ?

– Non, mais ça, on pouvait pas le savoir. De toute façon, Do Santos et ses gars attendent dans la gaine d'ascenseur de la tour « Londres ». Ça fait un contretemps de quatre-vingts secondes, de la broutille. Je les ramasserai dès que j'aurai ton signal. Tchao !

– Salut ! dit Nono en sautant dehors, suivi de Subborg qui riait comme un gosse en brandissant un de ces coupe-coupe qui servent à décapiter les noix de coco.

Puis, comme Forster descendait, Leptke le retint d'un geste.

– Il s'appelle comment, ton canard ?

Forster, surpris, réfléchit un instant puis répondit en souriant :

– Il s'appelle Général Sherman.

Subborg, revenu sur ses pas, observa Leptke avec curiosité en disant :

– Moi, je l'aurais plutôt appelé « Général

Lee ». Je me sens le cœur sudiste, depuis quelques jours. Ça doit être en réaction...

– T'as pas plus de cœur que de couilles ! répondit haineusement Buchalter, qui avait compris l'allusion raciste.

Puis, ignorant la main de Leptke qui se posait sur son avant-bras, Buchalter, à demi sorti du véhicule, dit à Subborg :

– Tout à l'heure, après : pars pas sans venir me dire au revoir.

Subborg jaugea le mètre quatre-vingt-douze de Buchalter et, souriant, il leva son coupe-coupe en disant :

– Je viendrai avec ça. Essaye de trouver le même.

20

Aucune parole n'avait été échangée pendant l'ascension.

L'ascenseur s'arrêta au dixième étage de la tour Munich et les portes s'ouvrirent aussitôt.

Trois hommes casqués, le visage protégé par des masques à gaz, en sortirent comme des silhouettes d'apocalypse, la note la plus étrange émanant d'un homme qui, outre son matériel de guerre, tenait un canard.

Le trio fit quelques pas et stoppa devant une porte blindée peinte en marron qui ne portait aucune inscription ni signe particulier.

D'une voix étouffée par le masque à gaz, Subborg lança :

– Pour vivre heureux, vivons casqués.

Les autres ne réagirent pas, Nono se contentant d'un geste impatient.

Subborg secoua la tête, posa son pistolet mitrailleur contre le mur et ôta son sac à dos d'où il tira une bonbonne de métal gris qui évoquait un extincteur. A l'extrémité de la bonbonne, un tuyau de caoutchouc d'une trentaine de centimètres se terminait par un bec écrasé qui fut glissé sous la porte.

Aussitôt, Subborg ôta une clavette et tourna une manette de cuivre rouge. Un bruit très discret, sorte de chuintement, se fit alors entendre.

Les trois hommes échangèrent un regard puis Nono et Subborg se concentrèrent sur la trotteuse de leur montre au cadran fluorescent tandis que Forster tenait l'ascenseur et le débouché de l'escalier en joue avec son pistolet mitrailleur, toujours muni d'un silencieux.

Ils portaient des masques à gaz du type XM 28E, dont l'efficacité avait été largement démontrée lors des différentes opérations de contre-guérilla sur presque tous les continents.

Le gaz utilisé s'apparentait au C.S. anticapacitant – dont il était un dérivé –, utilisé comme produit antiémeutes en Amérique latine. Ce gaz a la particularité de devenir mortel lorsqu'il est dosé à 30 g/m^3.

Celui qui s'infiltrait sous la porte du poste d'observation chinois avait été dosé par les services techniques de l'ambassade à 40 g/m^3.

Sur un geste de Nono, Subborg ferma la manette de cuivre rouge et rangea soigneusement le matériel dans son sac à dos dont il reboucla les lanières.

Nono le regarda faire sans manifester la moindre impatience puis il tira de sa poche une courte clé de bronze qu'il introduisit dans la serrure à pompe.

La porte s'ouvrit.

Quatre cadavres étaient entassés près de la fenêtre grande ouverte par où s'échappaient paresseusement de lourds nuages de gaz jaunâtre.

Les visages contractés des quatre cadavres mirent Nono mal à l'aise. Plus âgé que Subborg, et surtout Forster, il appartenait à une génération dont les pères ou les oncles avaient été gazés pendant la Grande Guerre et il n'était pas loin de considérer cette arme comme le summum de la lâcheté.

Il fixa le dernier cadavre dont la main étreignait encore un morceau d'étamine avec laquelle, probablement, il avait dû tenter de filtrer l'air empoisonné.

Les quatre cadavres étaient à présent dans la salle de bains où Subborg et Forster les avaient jetés, cul pardessus tête, et sans faire le moindre commentaire.

Profitant de l'embellie, Nono établit rapidement la liaison radio avec Leptke :

– Ici Night and Day Fireman. J'appelle.

La voix de Leptke lui rétorqua aussitôt.

– Ici Rising Sun Runaway. Je vous reçois cinq sur cinq, Fireman. Vous avez du neuf ?

Nono sourit.

– Nous sommes à « Munich », Runaway. Le voyage s'est très bien passé.

– Bien reçu, Fireman. Vous avez fait l'inventaire ?

Nono fixa la mitrailleuse MG 34 et répondit :

– Le limonaire est bien là. Apparemment, c'est une très belle occasion. A vous, Runaway.

Le silence se prolongea un certain temps.

– Que veut dire « apparemment », Fireman ? demanda Leptke. Il nous faut une certitude.

– Vous êtes très emmerdant, Runaway. Qu'entendez-vous au juste par « certitude » ? A vous !

La voix nasillarde de Leptke reprit sèchement :

– J'entends par certitude qu'aucun doute ne doit subsister, Fireman. Si nous convions trois ou quatre mille de nos amis pour une représentation et que nous sommes victimes d'un incident technique, notre situation deviendra très précaire, comme vous pouvez l'imaginer. A vous, Fireman !

– Je comprends mal : vous voulez que je vous joue un petit morceau, Runaway ?

Un nouveau silence s'installa.

– N'en faites rien, Fireman, répondit Leptke, c'est parfaitement inutile : vous réveilleriez le voisinage. Contentez-vous de vérifier le mécanisme. A vous !

– Entendu, Runaway. Je vous rappelle d'ici cinq minutes.

Nono consulta sa montre et observa la pièce. Ses réponses, qui l'avaient obligé à soulever l'extrémité inférieure du masque à gaz, l'avaient convaincu de l'éloignement du danger. D'ailleurs, le courant d'air, grandement favorisé par les rafales de vent, avait chassé le gaz stagnant si bien que l'ancien maquisard ôta à demi son masque sous le regard curieux des deux autres.

Nono demeura pensif quelques instants, emplit ses poumons à la manière des citadins arrivant au bord de la mer dans les années cinquante, puis exhala lentement avant d'arracher son masque d'un geste vif :

– Ça va bien, les gars, on peut respirer sans ce foutu machin puant !

Les deux autres ôtèrent masques et casques puis coiffèrent leurs bérets noirs.

Nono s'approcha de la mitrailleuse MG 34 et,

avant de l'examiner plus en détail, lança ses ordres :

– Subborg, vois la chambre, fous-moi tout en l'air et ramène ce qui peut servir. Toi, Forster, tu inspectes l'entrée.

Forster n'avait rien trouvé d'intéressant. Les cartons empilés dans l'entrée ne contenaient que des friandises, comme il convient chez le soi-disant propriétaire d'une confiserie. Néanmoins, une certaine nostalgie envahit le jeune homme à la vue de bonbons qui lui évoquaient des retours d'école, l'hiver, sur des mauvais chemins de campagne. Il se revit pénétrant chez Mme Leborgne, la propriétaire du tabac-buvette-épicerie. Le cartable bien arrimé sur les épaules, il tendait sa pièce de cinquante centimes du bout de ses doigts violacés par le froid...

Il s'assit sur un carton de carambars et, posant ses coudes sur ses genoux, il se prit le visage dans les mains.

Que restait-il de tout cela ? Il avait le sentiment d'avoir vécu une sorte de Moyen Âge heureux, presque par hasard, là, dans sa lointaine campagne, tandis que le pays s'industrialisait rapidement, bousculant mœurs et traditions. Tout concourait à lui faire penser qu'il avait presque connu un Éden, juste assez longtemps pour lui en donner un éternel regret et un goût d'amertume.

Forster leva les yeux.

Pendu à un mur, un peu incongru, le Pierrot Gourmand de plâtre émaillé que le confiseur chinois avait accroché là semblait le regarder.

Forster estima que le Pierrot Gourmand avait triste mine. Sans doute, songea-t-il, l'abus qu'il faisait nuitamment des confiseries entassées à ses pieds.

Puis il lui parut que le Pierrot Gourmand n'était qu'un otage, un pauvre type symbole d'un monde disparu que les vainqueurs du moment avaient crucifié sur un mur en manière de dérision. Ou pour faire un exemple.

Forster soupira.

21

Leptke, tendu, attendait l'appel de Nono. Buchalter, devinant l'énervement de son ami, risqua :

– Louis, y a pas à s'inquiéter. Nono est un maniaque, c'est tout : il prend son temps pour inspecter la mitrailleuse.

Derrière, Do Santos et les frères Bellounis, assis sur le plancher du fourgon Ford, levèrent la tête lorsqu'un grésillement se fit entendre, suivi de la voix étrangement lointaine de Nono :

– Ici Night and Day Fireman pour Rising Sun Runaway. Vous me recevez, Runaway ?

– Je vous reçois assez mal, Fireman. Il se passe quelque chose ?

Des parasites interférèrent un instant, puis :

– Runaway ? Je vous entends mal, Runaway !

– Bon Dieu, Fireman, c'est trop con : réglez votre foutu appareil ! A vous !

– C'est pas le vôtre, qui déconne, Runaway ?

Buchalter régla la radio puis, très pâle, il fixa Leptke en disant :

– Ça va pas du tout, Louis !

– Quoi, elle est cassée ?

– Non, c'est plus grave : on nous brouille !

– T'es sûr ?

– Absolument certain !

– Volontairement ?

Buchalter hésita puis répondit :

– Franchement, je crois que oui.

Leptke réfléchit longuement, le menton dans une main, comme s'il avait fait une gaffe puis, après une ultime hésitation, il reprit la liaison :

– Fireman, nous sommes brouillés.

– Ah bon ? Vous êtes perspicace, Runaway !

– Arrêtez de déconner, Fireman, et écoutez : le limonaire est-il en état de marche ?

– En parfait état, Runaway, de ce côté-là, rien à dire. Alors, qu'est-ce qu'on fait ?

– Ne quittez pas l'écoute, Fireman.

Leptke savait.

Il savait que tout allait se jouer maintenant. Il pouvait opter pour l'arrêt immédiat de l'opération parce que à l'évidence, et Dieu sait comment – trahison ? maladresse ? –, les Chinois avaient compris et allaient contre-attaquer.

Le temps, pour eux, de lever une armée.

Probable qu'un type important de l'état-major de Diem avait échappé au massacre et tirait les ficelles.

Compter sur l'ambassade ? Vang avait été catégorique. Sur la Deuxième Force ? Le moment semblait idéal pour les types exploités par Diem mais, pour ce qu'il en savait, Leptke imaginait mal une aide militaire de ce côté-là.

Alors, tout arrêter ? Reprendre au passage l'équipe qui occupait « Munich » et fuir en abandonnant armes et matériel ? Fuir en laissant ici les rêves d'une vie meilleure.

Non, plus maintenant. Il se sentait trop près du but, exactement dans la situation du cheval qui, après une longue course, reconnaît de loin l'odeur de l'écurie.

Il reprit la liaison.

– Encore un petit instant, Fireman !

– Magnez-vous le cul, Runaway. Ça devient de plus en plus duraille d'entraver ce que vous bavez !

Leptke regarda Buchalter droit dans les yeux.

– On continue quand même, Roger ?

– Oui.

Il se retourna vers Do Santos.

– Aquilo ?

– On continue !

Leptke hocha la tête et chercha le regard d'Amirouche Bellounis qui devança la question :

– On y va !

– Et ton frangin ?

– Mon frangin, il pense comme moi ! On va ramasser le pognon, faut rien laisser !

Leptke approuva d'un hochement de tête et réfléchit encore quelques instants. Puis, il reprit la liaison radio. Le brouillage s'affinait d'instant en instant, c'est-à-dire que la communication devenait de plus en plus inaudible. Raison de plus pour ne pas traîner.

– Fireman, vous me recevez ?

Une voix lointaine, comme dissoute, répondit :

– C'est de pire en pire ! Vous parlez avec votre cul, Runaway ? Qu'est-ce qui se passe exactement ?

– Quelqu'un brouille notre liaison, Fireman. Il va falloir renoncer à communiquer.

– Faut-il faire des signaux de fumée, Runaway ?

– Fireman, demandez à un de vos gars s'il y a un téléphone.

– Pas la peine, Runaway : je le vois d'ici.

– Y a-t-il une tonalité, Fireman ?

La réponse se fit attendre quelques secondes.

– Pas de tonalité, Runaway.

Leptke réfléchit. Les choses allaient vite, très vite. Comme si la contre-attaque devenait imminente. Il reprit la liaison interrompue :

– Il faut aller jusqu'au bout, Fireman !

– Vous voulez dire, Runaway, que je dois

écrire une lettre de réclamations au ministre des Postes ?

Leptke sourit malgré lui : si Nono prenait les choses de cette façon-là... Il expliqua néanmoins :

– Fireman, tout continue comme prévu initialement.

– Précisez, Runaway. En code.

– Il ne sert plus à grand-chose, Fireman, mais O.K. : nous allons ramasser les petits pains et décrocher très vite. Vous, vous continuez également. Prenez toutes initiatives, Fireman ! Je dis : toutes ! A vous !

– J'aurais préféré davantage de précisions, Runaway. Tant qu'à être coupé...

– Vous connaissez le schéma général, Fireman. Et vos assistants le connaissent également. Vous n'aurez aucune peine à déterminer où et à quel moment vous pouvez nous aider. D'autant que vous occupez une position influente...

– Au village, je n'ai pas très bonne réputation.

– C'est sans importance, nom de Dieu ! L'objectif prioritaire est de saisir les petits pains.

– On fera de notre mieux pour vous aider, Runaway. Quand doit-on décrocher ?

– Écoutez-moi bien, Fireman : lorsque nous prendrons les petits pains et que la cuisine sera vide, la maison s'illuminera comme un ciel portugais. Vous me comprenez, Fireman ?

– J'ai parfaitement compris, Runaway : je ne suis pas bouché ! Vous pouvez compter sur nous ! Bonne chance. Et adieu !

– A bientôt, Fireman.

22

Sachant, par l'opération de brouillage, l'inutilité d'un passage effectué avec discrétion, Leptke lança le Ford Transit très vivement.

Les pneus hurlaient sur l'asphalte du parking souterrain mais Leptke ne s'en préoccupait pas, trop pris par son étrange comptabilité : au rez-de-chaussée de la tour Berlin, une sentinelle. A l'étage, avec le fric, deux gardes. Il ne restait donc que ces trois types entre les deux milliards et lui.

Tournant légèrement la tête vers Do Santos, accoudé entre son propre siège et celui de Buchalter, il questionna :

– Aquilo, d'un point de vue militaire, qu'est-ce que tu ferais sachant que tu n'as en face de toi qu'un mince rideau de troupes mais que des renforts écrasants vont parvenir à tes adversaires ?

Do Santos n'hésita pas :

– La vitesse ! Faut charger en tirant de toutes tes pièces à la fois !

– Exactement ce qu'on va faire ! répondit Leptke qui stoppa le Ford Transit sur un emplacement hachuré en rouge et noir et surmonté de l'inscription « Accès pompiers ».

– Ça serait plutôt la place de « Fireman » ! plaisanta Do Santos.

Ils descendirent, arrimèrent leur matériel et s'en allèrent à la rencontre d'Axel qui venait de sortir de l'ombre des poubelles.

Mourad Bellounis, pistolet mitrailleur à la hanche, fermait la marche.

Leptke alla directement au fait :

– Les trois types de l'ambassade sont là ?

Axel le regarda, stupéfait :

– Pas du tout ! Je pensais qu'il y avait eu contrordre, qu'ils vous avaient rejoints...

Leptke ferma les yeux quelques secondes. Il eut le sentiment que les rêves s'achevaient ici, qu'il se trouvait dans la peau d'un pilleur de tombes sacrées dont les pièces d'or, frappées de la malédiction d'un pharaon, se changeaient en sable...

Il parvint à se ressaisir, peut-être parce que les autres le regardaient, attendant sa suggestion qui, comme d'habitude, pallierait les difficultés imprévues.

– Ça fait rien ! On fera le transport tout en assurant la sécurité : c'est jouable !

Axel hocha la tête :

– J'ai quand même une bonne nouvelle : l'ascenseur marche toujours. Je l'ai même bloqué ici, au sous-sol.

– Bien vu ! lança Leptke qui tentait d'endiguer la nervosité qui le gagnait.

Il arma son pistolet mitrailleur et demanda :

– Axel, rien de changé : tu fais le guet ici et tu nous préviens par talkie s'il y a du pet. Surveille aussi le Ford, c'est notre seul moyen de retraite. Sans lui, riches ou pas, on se fera massacrer dans les sous-sols. T'es sûr que tu m'as parfaitement compris, Axel ?

– Absolument ! dit l'homme habillé en clochard.

Leptke le scruta encore quelques instants, au milieu d'un lourd silence, puis se tourna vers les frères Bellounis qui attendaient les ordres :

– Amirouche, lequel de vous deux est le meilleur au lancer ?

L'aîné des Bellounis, gêné, répondit :

– Louis, c'est pas des questions qu'on pose à des frères, ça ! Pas chez nous.

S'efforçant de garder son calme, Leptke reprit :

– Chez les Blacks non plus, Amirouche. Mais

là, il y a les circonstances. Ton frère et toi : vous voulez devenir riches, on est d'accord ?

– Bien sûr !

– Vous voulez rester vivants, aussi. D'accord ?

– D'accord !

– Alors réponds à ma question. On dépend tous de ça !

Pour la première fois depuis qu'il appartenait au groupe, Mourad prit la parole :

– Pour tout ça, le meilleur, c'est Amirouche.

Leptke regarda sa montre.

– Voici ce qu'on va faire...

Les portes de l'ascenseur de la tour Berlin s'ouvrirent au rez-de-chaussée et, durant quelques secondes, le Chinois armé d'un fusil automatique B.A.R. contempla avec stupéfaction Leptke, Buchalter, Do Santos et Mourad Bellounis qui levaient les mains.

L'homme eut l'impression que son cœur faisait un bond dans sa poitrine. Il cligna des paupières et fixa celui qu'on lui avait signalé comme étant le chef du commando, un « diable noir »...

L'homme ignorait cependant que la porte de l'escalier s'était ouverte en même temps que celles de l'ascenseur.

Amirouche leva le bras. Le poignard traversa

l'air en sifflant et plongea entre les épaules du Chinois qui lâcha son fusil automatique.

Mourad bondit immédiatement et enfonça son poignard dans le cœur de l'agonisant. Jusqu'à la garde.

Quelques secondes plus tard, l'ascenseur grimpait vers le sommet de la tour.

Accroupi devant la porte blindée, Do Santos travaillait vite, en professionnel.

Le T.N.T., jaune pâle, se présentait sous forme de blocs compressés parallélépipédiques que l'ex-officier sortait d'un papier brun. Sans cette précaution, peu connue des amateurs, le T.N.T., exposé à la lumière, aurait instantanément viré à l'orange, puis au rouge et enfin au noir, perdant par là même l'essentiel de ses effets brisants.

Pressé par le temps, Do Santos renonça aux détonateurs électriques, optant pour une mise à feu par mèche.

Ses mains effectuaient des mouvements vifs et précis, s'écartant légèrement des explosifs à chaque nouvelle phase de la manipulation…

Puis, brusquement, il se redressa en disant :

– Vite, dans l'escalier ! Tous !

L'explosion leur donna l'impression que la tour oscillait sur ses fondations.

Leurs uniformes sombres et leurs bérets noirs couverts d'une fine poussière de ciment, ils se ruèrent dans l'immense duplex.

Amirouche, qui courait derrière Do Santos en hurlant, fut fauché aux jambes et s'écroula sur une sorte de petite crèche où brûlait une bougie en l'honneur de quelque ancêtre.

Le tireur, immédiatement localisé, vit Mourad bondir sur lui, le poignard très haut levé. Les deux hommes roulèrent sur la moquette puis le bras armé de Mourad se leva.

Une vingtaine de fois.

Mains levées, le second Chinois émergea de derrière une pile de caissettes mais il opéra si vivement que Do Santos, trompé, l'abattit d'une courte rafale en pleine tête.

Puis, ce fut le silence.

Ils regardaient, stupéfaits.

Même Amirouche, qui avait tiré son foulard pour installer un garrot, suspendit son geste.

Des rayonnages tout simples couraient sur les quatre murs de la pièce. Des rayonnages constitués de planches de pin vernies posées sur une armature de cornières.

Leptke s'approcha et balbutia :

– Le fric… Ça y est, les gars.

– C'est bien rangé ! constata Do Santos en admirant les billets classés par pays.

Buchalter avala difficilement sa salive, attrapa un billet de cent dollars, l'approcha de la flamme de son briquet et alluma sa cigarette en disant :

– Frank Sinatra faisait souvent ça… Je l'ai lu quand j'étais gosse.

Do Santos ricana et, imitant Buchalter, alluma un cigare avec une coupure de cinq cents francs qu'il sortit d'une poche intérieure de sa vareuse.

Leptke, mi-sérieux, mi-plaisantant, lança :

– Vous commencez mal, les gars !

Buchalter désigna les murs et répondit :

– On pourra pas tout emporter. Regarde : la pièce est littéralement matelassée de flouze !

23

Amirouche Bellounis, les jambes bandées, était assis dans le couloir, à l'endroit précis où, dix minutes plus tôt, son frère et Do Santos l'avaient traîné.

Le pistolet mitrailleur à la hanche, il surveillait l'ascenseur et la porte de l'escalier.

A l'intérieur de l'immense appartement qui, cloisons abattues, occupait le dernier étage de la tour Berlin, Do Santos, Mourad Bellounis et Buchalter s'activaient, précipitant des liasses de billets de banque dans de grands sacs de paquetage kaki de l'armée.

L'atmosphère et le grand désordre des lieux évoquaient un état-major en fuite déménageant ses plans de campagne ou un gouvernement en débandade détruisant hâtivement ses archives secrètes.

L'or, les diamants, les pierres précieuses et les bijoux, placés sur une table ovale en bois des îles, relevaient, apparemment, d'un autre mode de transport.

Les trois hommes progressaient systématiquement, longeant les murs, vidant les étagères en abandonnant sur le sol les petites coupures.

Mourad Bellounis éprouvait une impression de malaise. L'argent, son odeur, son pouvoir et le prix à payer, tout concourait à l'éloigner du but initial.

Le prix à payer... Une liasse à la main, il pensa à son frère, aux cuisses déchiquetées dont saillaient les esquilles d'os. Amirouche semblait apaisé depuis que Do Santos lui avait fait une piqûre : mais après ? Où irait-il, des centaines de millions dans les poches et un frère mourant sur les épaules ? Leptke ? Oui, Leptke ne le laisserait pas tomber !

Il décida de s'accrocher à cette idée.

Buchalter travaillait dans un état d'excitation extrême. Enfourner des liasses dans des sacs : le plus beau des métiers, non ? L'idée le traversa qu'il vivait les meilleurs moments de cette histoire, qu'après, avec l'opulence et l'oisiveté, viendraient d'autres problèmes dont il ne parvenait pas à prendre la mesure. La plus belle maison du village ? Celle des Toeffner, sans aucun doute. Peut-être même une des plus belles maisons d'Alsace. Et les Toeffner, au bord de la faillite, ne feraient pas la moindre difficulté.

Buchalter sourit : le retour du « petzouille » ! Sortez les tapis rouges, bandes de pourris : j'arrive ! Il se revit, adolescent, assis sur le pont du village, celui-là même que les Allemands avaient fait sauter pendant leur retraite... Il se revit, les jambes pendantes au-dessus de l'eau verte de la rivière, avec d'autres adolescents. Il pensa à leurs projets d'avenir, à Karl qui voulait devenir explorateur, à Paul qui se voyait pilote de formule 1, et puis toujours, au moment de rentrer, cette phrase : « Faut pas rêver, les gars ! » que l'un d'eux lâchait comme un tribut payé à la logique. L'un d'eux, mais jamais lui ! Lui qui n'avait qu'un rêve : partir, faire fortune et revenir acheter la maison des Toeffner. Un rêve de gosse qui se réalisait enfin.

Buchalter, qui n'était pas coutumier du fait, ressentit des bouffées d'orgueil : eh bien oui, il avait eu raison, contre tout le monde, lorsqu'il avait ramassé ses affaires, bouclé sa valise de carton avec une ficelle et embrassé sa mère. Le seul, au village, à n'avoir pas travaillé dans les filatures Toeffner. Le seul à quitter la cité ouvrière construite par l'ancêtre Toeffner. Le seul, à la sortie de la messe, à avoir arrêté Henri Toeffner pour lui cracher au visage en disant : « Je reviendrai, sale ordure. Et je ne te laisserai même pas ton slip ! »

– Je lui achèterai aussi son slip, qu'il parte à poil ! ricana Buchalter.

Do Santos, qui travaillait à ses côtés, leva la tête, se demandant avec amusement de qui il pouvait s'agir et quelle vengeance longtemps retardée se préparait là.

Ces problèmes lui étaient étrangers. Peut-être à cause de l'armée, puis de la révolution où toute chose se pensait en termes collectifs. Même ce coup-ci... Il s'imagina en taulier de L'Étoile du Matin et sourit. Et pourquoi pas, au fond ? Ça plairait à Axel. Et à Nathalie. Un habit neuf, en somme. Pas tellement seyant mais singulier. Absolument ! Il se collerait aux fourneaux et jouerait à l'ambassadeur de la cuisine portugaise pour tous les traîne-lattes, chômeurs et bandits du quartier. Une façon comme une autre d'oublier ces villages d'Afrique incendiés, ces femmes et ces enfants aspergés de napalm courant dans toutes les directions. Cette guerre coloniale digne du XIXe siècle où des générations de pauvres types venaient se damner en imposant l'enfer sur terre à d'autres pauvres types.

Il ne cherchait pas une absolution car ceux qui étaient habilités à la lui donner pourrissaient en terre africaine.

Non, il allait simplement monter un restaurant pour les pauvres mecs, pour Axel, pour Nathalie et ses marmousets.

Il enfourna quelques piles de livres sterling puis vit un vieux plaid dans le bas d'une étagère. Il hésita un instant, l'écarta du bout de sa ranger.

Il en compta vingt-cinq. Vingt-cinq barres d'or fin empilées les unes sur les autres. A cent millions de centimes la barre, il songea sans excitation particulière que le chiffre global de deux milliards de centimes venait d'être pulvérisé.

Leptke, qui revenait de la terrasse, s'immobilisa devant les barres d'or, attirant ainsi l'attention de Buchalter et de Mourad Bellounis.

– Les gars, dit-il, faut calculer vite. S'agit maintenant de déterminer le meilleur rapport volume/poids/valeur et donc, de laisser tomber la plupart des biffetons.

Un appel, venant du talkie-walkie, les fit sursauter.

Leptke se précipita :

– Axel ?

La voix chuchotait :

– Ça va mal, les gars, très mal. Je suis couché au milieu des poubelles mais ils approchent. C'est marrant mais depuis qu'ils sont apparus à l'autre bout du parking, j'ai l'impression que c'est moi qu'ils regardent.

Il sembla hésiter et reprit :

– Je vais être forcé de couper ! S'il y a des cathos parmi vous, dans vos prières, demandez à

Notre-Damede-l'Angoisse qu'elle me lâche un peu les pompes !

Il s'interrompit et, d'une voix plus saccadée :

– C'est à moi qu'ils en veulent ! Aquilo, monte le restau ! Et merde, épouse Nathalie ! Ç'a été un plaisir, les gars !

Axel, allongé au milieu des détritus, coupa définitivement la communication.

Les paupières mi-closes, l'estomac noué et les mâchoires serrées, il les voyait arriver.

Il en compta une vingtaine, des types minces et longilignes, armés de coupe-coupe, de couteaux de boucher, de hachettes, de pics à glace et de hachoirs à viande.

Ils semblaient de bonne humeur, riant et discutant dans une langue qu'il ne connaissait pas. Plusieurs d'entre eux s'esclaffèrent en le désignant comme si, pour eux, le doute n'existait pas ; comme si, au fond, le concepteur du braquage lui-même les avait mis au courant du rôle de guetteur qui était le sien.

Puis, une voix perçante, au débit saccadé, lança :

– Debout, monsieur Axel ! La bouffonnerie est terminée, maintenant !

Mille idées de fuite, de capitulation ou d'accord traversèrent l'esprit paniqué d'Axel. Des idées nobles, héroïques, ou terriblement lâches.

Il ne bougea pas.

La voix, où perçait une légère irritation, reprit, un peu comme s'il s'agissait d'un reproche courtois :

– Arrêtez la comédie, monsieur Axel : vous nous faites perdre notre temps.

Axel leva la tête et vit l'orateur qui se tournait vers ses compagnons en ajoutant :

– Nous avons d'autres gens à voir...

Axel se leva lentement, fixant la vingtaine de visages durs tournés vers lui. Puis, l'orateur reprit :

– Nous avons une longue tradition, monsieur Axel. Vieille civilisation, très vieille !

Axel ne répondit pas et l'orateur reprit :

– Je suis, en quelque sorte, l'Administrateur des mérites et des blâmes. Lourde tâche, monsieur Axel, très lourde tâche !

L'Administrateur des mérites et des blâmes observa Axel, les sourcils levés, comme s'il attendait une remarque, un commentaire ou une question. Ne voyant rien venir, il continua :

– Répondez à cette question, monsieur Axel : reconnaissez-vous qu'avec les membres de l'équipe du Diable noir, vous avez volé notre argent et tué les meilleurs des nôtres ? Répondez !

– Comme tu voudras, c'est couru d'avance, non ?

Sa propre réponse surprit Axel. L'assurance du ton, le choix des mots, rien ne correspondait à ce qu'il ressentait réellement, à savoir : une abominable panique.

L'Administrateur des mérites et des blâmes hocha lentement la tête, à plusieurs reprises, comme s'il prenait en haute considération les propos de celui qui faisait figure d'accusé. Puis, après un regard sur l'assistance, il observa le parking souterrain, les deux ou trois véhicules réduits à l'état d'épaves pillées, le fourgon Ford garé sur l'accès pompier et les ordures qui s'accumulaient, débordant des conteneurs. Tout cela lui sembla brusquement terriblement vain et futile, et lui-même, « magistrat » d'un clan effondré, liquéfié, décapité par ces hommes qui semblaient pourtant, à considérer celui-ci, de peu d'importance.

L'Administrateur des mérites et des blâmes se sentait du vague à l'âme et des préoccupations terre à terre tout à la fois. Il songeait aux lendemains, s'interrogeant pour savoir de quoi ils seraient faits. Il se demandait également s'il ne valait pas mieux gracier cet homme, ne serait-ce que pour apparaître comme un modéré aux yeux des tenants de la Deuxième Force.

Sauf qu'il ne croyait pas à la victoire de la

Deuxième Force. Sauf qu'il demeurait persuadé qu'un gâteau comme le Chinatown attirerait d'autres Diem, qui rechercheraient rapidement des cadres aguerris, durs, voire impitoyables.

– Votre châtiment est la mort.

Plus un seul des Chinois ne souriait et Axel se perçut pour ce qu'il était : un vieil homme sans défense, apeuré et vulnérable, redevenant un petit enfant.

D'un enfant, ces lèvres tremblantes. D'un gosse, encore, cette envie de lever un bras devant son visage en un geste de protection dérisoire. D'un tout petit môme épouvanté, enfin, ces paupières frémissantes.

Mais c'est presque la force de l'habitude qui le fit sortir de sa poche son couteau à cran d'arrêt pour faire face à la forêt de coupe-coupe et de hachoirs à viande qui convergeait vers lui...

24

– Putain, pourvu qu'il passe inaperçu ! dit Buchalter en jetant une rivière de diamants sur la table ovale.

– Ça m'étonnerait ! rétorqua Do Santos d'un ton rauque en s'asseyant sur un des sacs kaki bourrés de billets.

Il avait l'air lointain, maussade, et c'est d'une voix morne qu'il enchaîna :

– Qu'est-ce que t'as vu là-haut, Louis ?

Leptke, satisfait que la transition vienne de Do Santos lui-même, répondit :

– La terrasse, c'est intenable. Avec la tempête et les rafales de vent, j'ai vraiment failli passer par-dessus bord ! Les Chinois ne pourront pas débouler par là, aucun grappin ne parviendrait si haut. Même un hélicoptère ne s'y risquerait pas ce soir. Par contre...

Un appel, venu du couloir, l'interrompit et ils se précipitèrent aussitôt.

Du canon de son pistolet mitrailleur, Amirouche Bellounis désignait l'ascenseur. Le voyant, au rouge, indiquait qu'il était en fonction.

– Il descend ! dit Bellounis, sans se rendre compte que, considérant l'étage où ils se trouvaient, l'ascenseur pouvait difficilement faire autre chose.

Sans hésiter, et sans tenir compte de ses hurlements de douleur, Mourad Bellounis tira son frère vers l'intérieur du duplex et revint près de ses compagnons placés en embuscade, de part et d'autre des portes, prêts à ouvrir un feu croisé.

Le voyant demeura au rouge quelques instants encore, puis s'éteignit.

Les trois hommes échangèrent un regard surpris mais ne bougèrent pas.

– Curieux, dit Buchalter : quelqu'un l'a appelé, à vide, puisqu'il venait d'ici. Et il l'a laissé en bas...

Leptke regarda les deux autres puis, s'approchant, appuya sur le bouton d'appel qui passa immédiatement au rouge.

Bientôt leur parvint le bruit des câbles et des poulies et chacun se rencoigna, prêt à déclencher le feu dès l'ouverture des portes.

Les secondes d'attente augmentaient la tension qui atteignit presque son paroxysme lorsque l'ascenseur s'arrêta.

Il leur sembla devoir encore attendre toute une éternité puis l'ouverture des portes se déclencha.

Le volant dévissé pouvait sembler anachronique, n'était l'inscription – lettres d'argent sur fond noir – FORD frappée en son centre et qui prenait valeur de message.

Anachronique, sans doute.

Moins, cependant, que la tête ensanglantée, aux yeux exorbités, posée sur la moquette au milieu d'une tache de sang.

Une tête qui évoquait les étals de boucheries tout en demeurant familière.

Une tête pourtant solidement fixée sur les épaules d'Axel quelques minutes plus tôt.

Do Santos s'était assis dans un coin, une flasque de mauvais whisky chinois à la main.

Buchalter l'évitait, ne sachant trop quelle attitude adopter.

Mourad, trop occupé à regarder son frère qui délirait, avait rapidement classé l'événement aux profits et pertes : un de moins.

Seul Leptke tournait autour du Portugais, sentant confusément qu'au contraire il fallait lui parler, le distraire. Ce qu'il finit par faire d'une voix très douce :

– Aquilo, ça a pas d'autre sens qu'une provocation.

Do Santos releva vivement la tête, fixa Leptke, un instant, sans sembler le reconnaître.

– Les provocations... Tu sais, ça réussit pas toujours à ceux qui les font. Il y a des exemples célèbres dans l'histoire militaire...

C'était un appel au secours. Une façon pudique d'expliquer : « Louis, me laisse pas tomber dans cette horreur ! Vas-y, parle-moi, parle-moi encore ! Non, mieux, fais-moi parler : je viens de te tendre une perche, non ? »

Leptke ne s'y trompa pas. Il hocha la tête, s'assit sur un autre sac kaki, juste en face de Do Santos, avala une longue gorgée de whisky.

– Ah ? Ben justement, si t'as un exemple à me donner, je crois que ça me remonterait le moral !

Do Santos se redressa légèrement. Son regard ne se fixait nulle part, perpétuellement en mouvement d'un point à un autre, comme s'il cherchait à se souvenir de quelque chose d'oublié et, de fait, les cours de l'école de guerre remontaient presque à vingt ans.

Puis, brusquement, un souvenir lui revint :

– Oui, Iéna. Tu connais ?

Leptke secoua la tête :

– Première nouvelle, mon vieux ! Je sais même pas de quel patelin d'Afrique je suis originaire.

– Eh ben... Tiens, c'est comme les Chinois, là.

Tu sais, Napoléon ne voulait pas la guerre avec la Prusse. Ça l'arrangeait pas, il pouvait l'économiser. C'était en 1806, tu vois. Et puis les Prussiens avaient laissé tomber leurs alliés russes.

– Et alors ? demanda Leptke, faisant un effort pour ne pas regarder sa montre.

– C'est là que les provocations ont commencé. Des généraux aussi connus que Rüchel promettaient de mettre les Français en fuite à coups de cravache, le commandant des gendarmes du roi de Prusse disait publiquement qu'il n'y avait pas besoin de sabres pour battre les « chiens de Français » et que des gourdins suffiraient. Et puis il y a eu une surenchère de fanfaronnades jusqu'à ce qu'en manière de bravade la garde du roi vienne affiler ses sabres sur les marches de l'ambassade de France.

Leptke, presque malgré lui, aurait aimé connaître la fin de l'histoire. Mais, surtout, il avait besoin de Do Santos. Aussi se contenta-t-il de hâter le mouvement :

– Alors là, Napoléon leur est rentré dans la gueule, non ?

Do Santos sourit :

– Pas du tout. Tu sais, c'était un mec solide. Il a attendu que les autres excités fassent une connerie. Et ils l'ont faite. Sans déclaration de guerre, en septembre, les colonnes prussiennes ont débordé leurs frontières pour surprendre les corps d'armée français qui étaient très espacés.

– Les fumiers ! commenta Leptke en toute sincérité.

– Ouais ! Et les Prussiens ont perdu Weimar, ils se sont fait buter Louis-Ferdinand de Prusse à Schwarza, ils ont été de nouveau battus à Iéna et à Auerstadt, le commandant en chef de l'armée prussienne, le duc de Brunswick, s'est fait faire la peau, ils ont perdu à Erfurt, Magdebourg, Potsdam, Berlin et leur général le plus fortiche, Blücher, s'est fait faire aux pattes : la Prusse était liquidée, mon vieux Louis !

Leptke réfléchit un court instant puis répondit :

– Et si on leur faisait un truc dans ce genre-là, aux Chinois ?

Ils regardaient travailler Do Santos avec cet air qu'on voit au turfiste dont le cheval s'est répandu à l'open bitch mais qui, cependant, ne parvient pas à se désintéresser de l'issue de la course.

Sans espoir de fuite, sans illusion sur le sort – semblable, selon toute vraisemblance, à celui d'Axel – qui les attendait, ils ne combattaient plus que par instinct.

Do Santos se retourna.

– De toute manière, ils auraient pu nous investir avec ce foutu ascenseur !

L'Otis, bloqué à l'arrêt, était le théâtre d'une manipulation inhabituelle puisque Do Santos plaçait ses charges de plastic sur les parois d'acier en commentant :

– La pentrite est trop sensible. Vingt-huit étages, c'est au minimum vingt de trop. L'hexogène, par contre, ça craint pas du tout les chocs.

Les autres le regardaient, un peu étonnés, tandis qu'il installait l'allumeur.

– La fermeture des portes armera le dispositif. C'est le relâchement qui provoquera la pression pendant l'ouverture des portes.

Il se redressa, souriant.

– Bref, c'est en regardant les portes s'ouvrir qu'ils se recevront une tonne de ferraille en pleine gueule. De la part d'Axel.

– Ça s'appelle renvoyer l'ascenseur ! commenta Buchalter sans rire.

L'Administrateur des mérites et des blâmes fit signe, pour la vingtième fois, à un de ses hommes mais cette fois, à sa grande surprise, le voyant passa au rouge.

– Mettez-vous en place ! ordonna-t-il sèchement.

Aussitôt, deux hommes armés de pistolets

mitrailleurs M.A.T. 49 se présentèrent devant les portes closes.

La seule chose à faire ! pensa l'Administrateur des mérites et des blâmes. Mitrailler l'intérieur dès l'ouverture des portes. Hacher le Diable noir et ses hommes sans prendre le moindre risque.

L'homme ne doutait pas un seul instant de la reddition du commando. D'ailleurs, quelle aide auraient-ils pu espérer dans une position aussi précaire ?

Au pire, l'ascenseur pouvait ne contenir qu'une feuille de papier où seraient exposées des exigences... L'homme sourit : il promettrait tout ce qu'on lui demanderait, mais...

Le voyant blanc indiqua que l'ascenseur se trouvait au troisième étage, puis au second, au premier...

Leptke, Do Santos, Buchalter et les frères Bellounis attendaient aussi, sans un mot.

La formidable explosion qu'ils entendirent les fit exulter.

Peut-être leur joie aurait-elle redoublé, ou s'en serait trouvée altérée, s'ils avaient pu voir l'Administrateur des mérites et des blâmes errant, aveugle, éventré, piétinant ses propres intestins au milieu des cadavres mutilés de ses hommes.

25

Le plus âgé des quatre vieillards s'appelait Ngo Van Fu et son autorité morale en faisait le leader incontesté de la Deuxième Force.

Les quatre hommes étaient assis autour d'une petite table basse et buvaient une tasse de thé.

L'explosion de l'ascenseur au rez-de-chaussée de la tour Berlin leur fit un instant lever la tête puis le chef du Bloc religieux remarqua :

– Les Français !

Les autres ne firent aucun commentaire, se bornant à tremper leurs lèvres dans le liquide brûlant.

Le président du club d'études et de réflexion « Économie et Bouddhisme », qui « harmonisait » la gestion et l'investissement des fonds de la communauté ayant échappé au racket de Diem, constata :

– Tout cela va coûter cher !

Le quatrième vieillard, qui avait en charge la

formation de la jeunesse, haussa imperceptiblement les épaules avant de remarquer :

– Diem nous coûtait plus cher en une semaine d'extorsions de fonds. Vous êtes particulièrement bien placés pour le savoir, n'est-ce pas ?

Ngo Van Fu ébaucha un geste d'apaisement puis sa main décharnée, parcourue de veines bleues, appuya sur un bouton situé au centre de la table.

Aussitôt, un jeune Chinois très élégamment vêtu pénétra dans la pièce.

Comme toujours, Ngo Van Fu éprouva un sentiment de plaisir à la vue de son petit-fils, dernier survivant d'une famille jadis nombreuse.

Aux yeux attendris et admiratifs du grand-père, le jeune homme avait compris l'essentiel de ce qu'il fallait saisir. A trente-cinq ans, il représentait l'avenir de la communauté.

Le jeune homme chaussa ses lunettes à monture d'or et sortit un bloc de papier dont la première page, noircie de caractères, de ratures et de surcharges, sembla, un court instant, le décontenancer.

Ngo Van Fu appréciait particulièrement cet instant où son petit-fils prenait l'exacte mesure d'un problème. Il savait que l'esprit analytique de son héritier ordonnait les informations, les classait, les ventilait pour structurer une présentation d'ensemble sans faille, inattaquable.

Le cours naturel des choses, pensa Ngo Van Fu. Les générations subissaient des mutations, s'adaptant aux besoins nouveaux, à des modes de pensée inenvisageables vingt ans plus tôt.

Le vieil homme songea à son petit-fils lorsqu'il était enfant, l'été, courant nu au milieu des rizières de la propriété sous les invectives étouffées des paysans.

Il le revit plus âgé, pendant sa période « occidentale », lorsqu'il s'enfermait dans sa chambre des journées entières pour écouter de la musique nord-américaine. A l'époque, d'autres grands-parents se seraient inquiétés : pas lui. Il estimait qu'on ne doit jamais s'inquiéter pour les gens intelligents.

Puis vint le départ pour Oxford, le service militaire effectué comme commandant d'une vedette fluviale, l'exode, et cet équilibre enfin atteint entre l'adaptation parfaite au pays d'accueil – meilleur moyen de désarmer le racisme – et le désir réel d'entretenir et de perpétuer une culture originale : la leur !

Ngo Van Fu pensa à la mort, la sienne, proche, beaucoup plus proche encore maintenant que son successeur à la tête du Chinatown sortait du flou.

Il observa attentivement son petit-fils et l'imagina en « guide » du Chinatown.

Et quelque chose, encore, le contraria.

Vieux débat, au fond ! Que pouvaient la culture, le raffinement, l'intelligence, la classe et la sensibilité face à la force brutale, à la cruauté et au sadisme d'un Diem ?

Diem mort, il serait remplacé, sur l'heure, par une autre brute. Auquel cas la crise actuelle du Chinatown n'aurait servi à rien. Il fallait un concours de circonstances inespéré pour que l'intelligence contrôle une force, qui, elle-même, ne fût pas stupide. Mais où trouver cette force ? En jouant sur quelles culpabilités, quels sentiments ?

Il avala une gorgée de thé, à présent presque tiède, et demeura le regard baissé, en proie à la plus grande perplexité : que faire ?

Il leva les yeux sur ses compagnons et tenta de déchiffrer les visages impénétrables des membres du Conseil. Non, d'eux, il n'attendait plus rien.

Sa décision le surprit, en raison, peut-être, de la rapidité avec laquelle elle s'était imposée comme une évidence.

Oui, il fallait faire cela. Il laisserait son petit-fils exposer clairement la situation et, au lieu de le renvoyer, l'inviterait à s'asseoir près de lui.

Ngo Van Fu se retint de sourire : ce « galopin » siégeant avec les anciens, cela ressemblait fort à un putsch feutré, un pronunciamiento semi-clandestin ou plutôt, compte tenu de l'apparence discrète de l'événement : une révolution de palais.

Mais qui pourrait s'opposer à son choix ? Tran Ngoc Hung, le représentant des finances – un ami de toujours –, l'appuierait les yeux fermés. Et Truong Duy Diêp, qui avait en charge la jeunesse, pourrait difficilement aller contre cette décision. Sauf à vouloir se saborder.

Restait le représentant du Bloc religieux, Ta Thu Nhan. L'éternel adversaire, engoncé dans son conservatisme.

Ngo Van Fu fixa tour à tour son petit-fils et le chef du Bloc religieux.

Des contraires, le second freinant des quatre fers pour écarter toute idée de progrès – appréhendée comme d'essence perverse – quand le premier ne songeait qu'à favoriser l'essor de la communauté.

Mais le vieil adversaire semblait fatigué, déjà presque battu par cette alternative qui n'en constituait pas une : l'oligarchie ou la racaille, le népotisme ou le règne de la pègre...

D'un geste, Ngo Van Fu invita son petit-fils à prendre la parole, ce que l'autre fit sans la moindre hésitation :

– Diem est mort avec sa garde à « Heidelberg ».

– D'où tiens-tu cette information ? demanda froidement le chef du Bloc religieux.

– Je l'ai vu de mes yeux, au dernier étage de « Heidelberg », il y a quelques minutes.

– Qui t'a autorisé à te rendre chez cette vermine ? insista le chef du Bloc religieux.

– J'ai agi conformément aux ordres reçus du chef du Conseil des anciens.

Il baissa ses notes et regarda son grand-père qui, du geste, l'invita à poursuivre.

– Diem a vraisemblablement été achevé d'une balle dans la tête. Nous avons dénombré un total de trente-quatre morts, presque tous des hommes de Diem connus et fichés.

– Nous aimerions voir ces fameuses fiches ! coupa avec force le chef du Bloc religieux.

Ngo Van Fu alluma d'une main tremblante une cigarette anglaise à bout de liège, considéra longuement le chat noir sur fond blanc et rouge qui ornait le paquet puis, en détachant chaque syllabe, il répondit :

– Ce fichier est accessible à tous les membres du Conseil. Il suffit d'en faire la demande.

Puis, se tournant vers son petit-fils :

– Continue !

– L'opération terminée, les Français ont abandonné les lieux en détruisant le standard, les installations radio, les armes et les archives. D'autre part, j'ai dû prendre des sanctions contre deux des nôtres qui se livraient à des outrages sur le corps de Diem.

– Je statuerai moi-même sur ces deux cas ! Continue ton récit ! coupa Ngo Van Fu.

– Les Français sont actuellement scindés en deux groupes mais je ne pense pas qu'ils cherchent à se rejoindre. L'un d'eux, constitué de trois hommes, se trouve au dixième étage de la tour Munich, dans l'ancien point d'appui et d'observation de Diem. Nous sommes d'ailleurs les seuls, selon toute apparence, à détenir cette information. D'autre part, cinq hommes, sous la conduite de l'Africain qui semble être le chef, se trouvent actuellement bloqués dans le duplex de « Berlin » qui abrite les fonds. Ils sont parvenus jusqu'à cet objectif sans difficulté majeure mais l'homme qu'ils avaient laissé sur leurs arrières a été capturé et exécuté. En outre, leur véhicule Transit Ford immatriculé 887 GD 75 a été incendié, si bien que, toute retraite coupée, ils se trouvent dorénavant en position d'assiégés.

– Qui les assiège ? demanda avec hargne le chef du Bloc religieux.

– Une centaine d'hommes, un groupe résiduel des forces de Diem. Ils sont conduits par quelques braillards, d'anciens sous-officiers de l'armée. Il semblerait que ceux-ci ne cherchent pas à donner une cohérence à leur troupe et, sous couvert de vengeance, cherchent surtout à atteindre les fonds.

– Ils peuvent y parvenir rapidement ? demanda Ngo Van Fu en reposant sa tasse de thé.

– En sabotant l'ascenseur, les Français ne leur

facilitent pas la tâche. Ils gagnent même du temps mais j'imagine mal à quoi pourra leur servir ce temps.

– Peuvent-ils tenter de forcer le passage ? questionna le responsable des jeunesses.

– Très difficile ! Même compte tenu de leur puissance de feu et de leur supériorité sur le plan technique, c'est presque impossible. Dans le cas d'une sortie, ce qui a joué pour eux jusqu'ici se retournerait contre eux. La seule voie d'accès reste cet interminable escalier en colimaçon.

– C'est tout ? demanda Ngo Van Fu.

– C'est tout.

– Alors assieds-toi !

Le leader du Bloc religieux ne put retenir un haut-le-corps mais, constatant la passivité des autres membres du Conseil, il se contenta de marquer sa réprobation en reposant violemment sa tasse de thé sur la table.

Ngo Van Fu, ignorant sagement ce geste, s'adressa à son petit-fils :

– Il faut profiter de l'occasion qui se présente pour éviter toute résurgence d'un Diem. Ce point fait l'unanimité des membres du Conseil.

– Je suis tout à fait d'accord ! Ces désordres ne nous seraient pas pardonnés deux fois ! répondit le jeune homme.

– D'un autre côté, j'ai donné l'ordre d'organiser séance tenante une fête aux abords immédiats du Chinatown. Fusées et pétards masqueront les bruits des combats. Il nous sera facile, par la suite, de prétexter la mort de notre doyen ou une quelconque commémoration bicentenaire.

– Les combats peuvent cesser… risqua le jeune homme.

Le leader du Bloc religieux se dressa, pointant un doigt accusateur et tremblant en un geste digne d'un sénateur romain :

– Il n'en est absolument pas question ! Qu'ils s'exterminent ! Tueurs contre tueurs ! Tous les coups sont une bénédiction ! Je m'oppose formellement à ce qu'on arrête ces combats !

Ngo Van Fu prit la mesure de la situation. Ici, il devait céder un peu de terrain à son adversaire. Il le fit d'autant plus volontiers qu'il n'accordait pas la moindre importance au susdit terrain :

– Il n'a pas tort ! Cette racaille doit disparaître. Et les Français avec.

– Mais… les autorités ? Ces combats vont laisser des traces… des morts…

Ngo Van Fu sourit à son petit-fils, comme si toute cette affaire se résumait d'un mot : broutilles ! Il expliqua néanmoins très patiemment :

– Dans quelques minutes, les trente-quatre corps de la tour Heidelberg auront disparu à jamais, ainsi que tous ceux à venir. Dans moins de dix minutes, peintres et maçons de la communauté restaureront l'endroit. A l'aube, « Heidelberg » ne gardera aucune trace des combats de la nuit.

– Mais à « Berlin », l'ascenseur ?

– Une bouteille de gaz. Ou un attentat xénophobe. Nous pourrons même produire deux ou trois cadavres français à l'appui de cette thèse.

Le jeune homme réfléchit, puis :

– On ne peut pas anéantir les Français de cette façon-là. Je ne me place pas d'un point de vue moral, bien entendu ! Je dirais... je dirais deux choses. Si nous voulons créer une identité propre au Chinatown, il faut lui inventer une histoire, une sorte d'épopée qui cimentera l'unité de ses membres. Et pour y parvenir, il faut massifier le rejet de Diem et de sa clique en impliquant chaque foyer, de sorte que la victoire sera partagée par tous, que les acquis seront les acquis de tous, que les libertés retrouvées seront les libertés de tous ! Dès lors, les perspectives qui s'ouvrent à nous sont illimitées. C'est... c'est mon premier point.

– Continue ! lança le chef du Bloc religieux soudain très intéressé.

– Eh bien, pour ce qui concerne les Français, mieux vaudrait se les attacher le temps de former une force civique qui nous soit propre. Leur guerre est un mélange de technique militaire, de guerre civile, de terrorisme et de grand banditisme, comme Diem, certes, mais plusieurs degrés au-dessus. Ce qui m'échappe totalement, c'est comment parvenir à s'attacher un ou plusieurs de ces hommes.

– Présenter un moratoire à ces assassins ? Composer avec cette pourriture, s'entendre avec elle ? Jamais ! hurla le leader du Bloc religieux.

Ngo Van Fu feignit de réfléchir longuement, les mains jointes devant le visage. Il savait que son magistère profitait d'une certaine dramatisation, du moins en apparence. En outre, la préoccupation de son petit-fils rejoignait la sienne : éviter, à tout jamais, la résurgence d'un Diem. Affectant d'hésiter sur le choix des mots, il s'exprima avec lenteur :

– Le raisonnement est juste sur le premier point et imparfait sur le second.

Il regarda ses interlocuteurs un à un, sans tendresse particulière, puis, ne voyant venir aucune objection, il reprit :

– Il est en effet beaucoup trop tôt pour intervenir. De part et d'autre, le nombre des survivants est encore trop élevé.

Nouvel arrêt suspensif que personne n'osa troubler tant la voix prenait des inflexions métalliques. Une voix et des inflexions qu'ils connaissaient tous.

Tran Ngoc Hung observait son vieil ami comme on le fait, gentiment, d'un compère dont on sait tous les tours. En cet instant, Tran Ngoc Hung ne songeait plus aux finances de la communauté dont il avait la charge, pas plus qu'au cours du dollar, aux investissements, à la baisse des valeurs françaises ou à la filiale canadienne de sa société qui bouleversait ses prévisions les plus optimistes. Non, il revoyait son ami Ngo Van Fu simulant un malaise devant le professeur pendant les épreuves de mathématiques du baccalauréat. Et cela l'amusait énormément.

Truong Duy Diêp n'avait pas le cœur à la plaisanterie. Le ton du vieux leader lui rappelait cette réunion d'urgence, dans la vieille ville impériale, lorsque les révolutionnaires avaient investi les faubourgs. De cette même voix, Ngo Van Fu avait « conseillé » le départ.

Ta Thu Nhan se sentait morose, pour ne pas dire sombre. Une vague impression l'habitait, celle de s'être fait rouler dans la farine, une fois de plus, par ce vieux renard de Ngo Van Fu. Mais, dans le même temps, Ta Thu Nhan savait pertinemment que son adversaire n'avait jamais cherché à s'immiscer dans ses prérogatives, à savoir tout ce qui relevait de l'intemporel. Il décida donc, à contrecœur, de laisser les choses suivre leur cours.

En restant vigilant, bien entendu.

Ngo Van Fu n'avait pas de ces vanités qu'on voit aux hommes jeunes ou à ceux qui, décidément, ne comprennent jamais rien à rien. Aussi ne crut-il pas nécessaire d'afficher une quelconque manifestation de satisfaction. La partie avait été rude, d'autant qu'elle engageait énormément de choses pour l'avenir. Mais il l'avait gagnée.

Comme d'habitude.

Il reprit d'un ton devenu tout à fait impersonnel :

– Pour ce qui concerne la formation d'une milice, et bien que ce dernier point ne soit pas à l'ordre du jour, nous devons le considérer dans la mesure où il est induit par des circonstances... disons exceptionnelles. Nous ne saurions, bien entendu, émettre des objections sur le principe puisqu'il relève d'une tradition chère à nos ancêtres. Toutefois, nous savons tous les dangers de ce type de formations. Pour écarter ce danger, il faudra considérer le problème d'un point de vue démocratique, c'est-à-dire que le moteur de cette milice devra être le roulement, tant pour les hommes que pour les cadres.

Il alluma une Craven et exhala lentement la fumée avant d'ajouter :

– Quant à l'opportunité qui nous est donnée de nous adjoindre des « spécialistes », nous nous devons de la considérer avec la plus grande prudence. D'ailleurs, un seul de ces « spécialistes » suffirait à la tâche. Toutefois, il n'est pas douteux que nous ne pouvons nous adjoindre un tel individu que dans la mesure où il se trouverait, vis-à-vis de notre communauté, en état de complète dépendance.

– En état de dépendance ? demanda le jeune homme.

Truong Duy Diêp, toujours soucieux des intérêts de la jeunesse, demanda :

– Le Conseil, dont la sagesse des décisions n'est remise en cause par personne, ne songe certainement pas à un drogué, à un individu esclave de ses passions ?

Ngo Van Fu sourit ouvertement.

– Le Conseil n'y songe pas ! Il faudrait que cet individu ait parfaitement conscience de nous devoir la vie et donc de se trouver notre obligé, au moins pendant quelque temps. Bien entendu, cela présuppose chez cet homme un sens de l'honneur fort improbable mais c'est une voie que nous pouvons explorer.

26

Nono, Forster et Subborg se regardèrent : le rez-de-chaussée de la tour Berlin venait d'être dévasté par une formidable explosion.

– Ça signifie ? demanda Subborg.

– Éteins la lumière ! répondit Nono.

– Tu crois que c'est un coup des Chinois ! insista Subborg d'une voix tendue.

Forster, jusqu'ici silencieux, demanda :

– Quel intérêt ? Et puis c'est dans la manière de Do Santos, non ? Ça veut dire qu'ils sont bloqués là-haut.

– Merde ! Alors on peut rien pour eux ! rétorqua Subborg d'un air faussement dramatique.

Forster, amusé, décida de jouer l'idiot :

– Mais si ! D'ici, on peut empêcher l'arrivée de renforts. C'est même pour ça qu'on est là, pas vrai ?

– Des conneries ! Écoutez, je leur donne une heure. Dans une heure, je me tire par mes propres moyens et faudra pas dire que je vous prends en traîtres, hein ? Et puis j'en ai marre, moi, d'attendre comme un con dans cette taule ! Et puis ça pue le poisson, ici ! C'est incrusté jusque dans la faïence des carrelages, dans les joints...

– C'est ça les inconvénients du ciment cool ! plaisanta Forster.

Subborg s'arrêta en plein discours et sourit, presque malgré lui. Il sembla se calmer et c'est d'un ton différent qu'il reprit :

– C'est marrant, mais j'aurais pas pu grandir ici, moi. Au milieu de toutes ces tours et de tous ces Chinois... Nous, on a grandi dans une zone pourrie mais à hauteur humaine.

– C'est beau ce que tu viens de dire ! commenta Forster.

Subborg, hésitant, questionna :

– Tu te fous de ma gueule ?

– Pas du tout ! répondit Forster, sincèrement étonné.

Subborg se sentit troublé. Qu'un type comme Forster, qu'il admirait sans même en connaître les raisons, puisse aimer une de ces phrases... Des coups à ne plus oser l'ouvrir, de peur de gâcher la bonne impression produite par inadvertance.

Il décida de retrouver un terrain plus ferme, plus familier :

– Ouais, c'était vraiment pourri, mon quartier ! Tiens, ma première baise : vous voulez que je vous raconte ma première baise, hein ?

Forster, qui croyait avoir saisi le mécanisme de pensée de Subborg, faillit l'annihiler en lui disant : « Mais te crois pas obligé d'être abject, mon gros. Nul, ici, ne croit qu'une phrase émouvante sortie par mégarde de ton imagination corrompue induise de fait ton appartenance au clan homosexuel qui n'est pas, sans doute, dans l'attente anxieuse de ton adhésion, bien que nul ne songe à nier que tu sois tout à fait giron. »

Forster n'eut que le temps de baisser ses jumelles à infrarouges, avant de se plier en deux pour donner libre cours à son fou rire à la seule évocation de Subborg confronté à un tel discours.

Celui-ci, se méprenant, crut que Forster adhérait joyeusement à l'idée de le voir narrer sa vie sexuelle. Et, du même coup, Forster lui sembla plus humain, presque proche.

Subborg gonfla ostensiblement sa poitrine et commença :

– Ah là là ! C'étaient deux petites Espagnoles et moi, j'étais avec mon copain Manu. Ça se passait debout, dans un couloir d'immeuble ! Ah, la crise !

Il éclata à son tour de rire puis, les larmes aux yeux, il expliqua :

– Manu avait sorti sa queue. Peut-être bien qu'il voulait se faire faire une pipe, ou branler, en tout cas, la fille y touchait pas ce qui, entre parenthèses, n'était pas le cas de ma partenaire. Moi, je dirais même que c'était parti très fort. Ça allait juste arriver si ce con de Manu avait pas eu cette phrase...

Il repartit à rire.

– Eh ben ? demanda Nono dont la curiosité s'éveillait tardivement.

– Ah, le con ! Il avait sa quéquette à la main et il répétait à la fille : « Eh ben touches-y, ça mord pas ! » Moi, sur le coup, ça m'a rien fait. Et puis je sais pas comment, mais j'ai commencé à me représenter ce qu'il avait dit. Quelle horreur ! Si « ça mord pas », c'est que « ça » a des dents ? T'imagines ? Une quéquette pleine de dents, carnassière, bouffeuse de chattes ! J'ai piqué un de ces fous rires en débandant et l'autre con, sa queue carnivore à la main, qui me répétait d'un air inquiet : « Qu'est-ce que t'as ? Bon Dieu, qu'est-ce que t'as ? » Mais moi : je pouvais plus parler vu que je pissais partout ! Et là-dessus les Espagnoles qui nous baragouinent des « Hijos de puta » et qui se cassent sans un regard pour la bête du Gévaudan de Manu...

Les deux autres, malgré tous leurs efforts, ne purent résister au rire communicatif de Subborg.

Puis, lorsqu'ils eurent retrouvé leur calme, Nono s'adressa à Forster :

– Et toi, ta vie amoureuse, ça a débuté aussi brillamment ?

– Moi ? oh, tu sais, à la campagne... Et puis j'aime pas trop parler de ça.

– A la campagne, vous baisez tous comme des clebs. J'ai vu ça dans le Puy-de-Dôme, quand j'étais petit, dit Subborg.

– Pas moi, répondit calmement Forster qui ajouta : j'étais amoureux de la fille du propriétaire de la quincaillerie générale, un milieu plus élevé que le mien. Je faisais comme tous les mômes, j'allais dans les cafés et j'écoutais les chansons sentimentales du juke-box en pensant que j'étais dans un film, qu'il y avait huit caméras sur moi...

Attendri, Nono demanda doucement :

– Comment elle s'appelait, la fille du quincaillier ?

– Maryse ! Ça a fini bizarrement, un 14 Juillet. Un 14 Juillet particulièrement minable, gris, pluvieux, désert... Personne ou presque n'était venu. Il y avait deux types à la fenêtre de L'Hostellerie normande qui avait pourtant branché ses haut-parleurs sur la rue principale.

– Et ta Maryse ? demanda Nono.

Forster, rêveur, caressa son canard de Barbarie :

– Tu sais, j'étais encore… enfin, un petit garçon, quoi. En tout cas, le quincaillier avait habillé Maryse et son petit frère en Indiens avec une plume sur la tête. Moi, l'air de rien, les mains dans les poches de mes culottes courtes, je passais et repassais sur le trottoir où Maryse se planquait presque derrière les brouettes et les parasols exposés… Je savais bien qu'elle avait honte, qu'elle était humiliée mais justement, je voulais qu'elle comprenne que comme ça, avec la roseur de la honte et son visage à demi caché derrière ses nattes, elle était la plus belle du monde… C'est con, hein ?

Nono, pour se donner une contenance, regarda un groupe d'enfants chinois qui faisaient exploser des pétards.

– Non, c'est pas con. Simplement, t'étais devenu son miroir. Quand elle te voyait, qu'elle te regardait dans les yeux, ton regard lui renvoyait l'image d'une Indienne de bazar.

Forster sursauta presque.

– C'est marrant : mon père disait la même chose que toi.

– Et alors ?

Forster caressa le bec de son canard puis, d'une voix mal assurée :

– Rien. Je crois que c'est rare, c'est tout. J'ai l'impression que les adultes ne se mêlent jamais des histoires enfantines sans les avilir. C'est presque par inadvertance, parce que c'est un monde qui leur est redevenu étranger. On est vieux quand on est devenu incapable de penser ou d'aimer comme un enfant.

– Où t'as appris tout ça ? Dans ta cambrousse ? demanda Nono.

– Mon père était instituteur. Il a été révoqué par Vichy, et il est devenu paysan. Mais on avait des livres, à la maison. Et puis on discutait, le soir, devant la cheminée.

– Et ta mère ?

– Elle venait nous rejoindre. C'était une grande cheminée... Tu vois, j'ai même pas l'excuse d'une jeunesse malheureuse.

Nono cherchait ses mots, ses gestes. Cette dernière phrase, ça ne collait pas. Il devait y avoir autre chose...

Subborg bâilla, décapsula une bière chinoise et jeta un coup d'œil dehors :

– Font chier avec leurs pétards ! C'est pourtant pas le moment de faire la fête ! Ah, vivement Noël !

– Noël ? demanda Forster.

– Ouais ! L'odeur du sapin, ça m'ouvre l'appétit.

– Mais tu penses qu'à bouffer ! Tu serais qu'une bête, en somme ? plaisanta Nono.

– L'odeur. Mon dabe, il trouvait toujours de quoi acheter un sapin, quitte à économiser sur sa vinasse. Les gueulements de bonheur quand on le voyait arriver au bout de la rue en titubant, complètement poivre, enlaçant son sapin !

Il hésita un instant puis ajouta :

– Dans la vie, tout a une odeur, c'est par là que tu peux classer les choses. Le fade a une odeur. La baise. La mort. Et j'ai du mérite à dire ça parce que j'ai grandi à côté d'une usine de suppositoires et crois-moi que ça schlinguait !

– Toi aussi t'es disjoncté quelque part ! dit Nono. Tiens, je te dirais bien un truc, pour rester dans la bouffe : eh ben, ta vie, ça se compare assez bien à ces sauces madère qui se figent au fond des assiettes.

– Pourquoi tu me dis ça ? Pourquoi tu me compares à une sauce madère ? rétorqua Subborg, davantage étonné qu'offusqué.

– Parce que t'es une créature de Dieu, son invention. Tout comme la sauce madère.

– Ben merde ! répondit Subborg, très impressionné.

Il réfléchit encore quelques instants avec perplexité, puis annonça :

– Je vais me pieuter un peu. S'il y a quelque chose…

27

Leptke regarda ses compagnons avec étonnement puis empoigna le talkie-walkie :

– Qui parle ?

La voix au débit saccadé répondit :

– Aucune importance.

– C'est à nous d'en juger, connard ! Dis-nous qui tu es ! insista Leptke.

– Un habitant du Chinatown. je voudrais parler au Diable noir !

Leptke surprit le regard amusé de Do Santos et, grossissant volontairement sa voix :

– Tu parles au Diable noir en personne. Je t'écoute !

La voix se tut, comme pour s'accorder un temps de réflexion, puis reprit :

– Vous êtes en train d'alourdir le contentieux, Diable noir. Vous risquez de finir comme Axel.

– Il vous a dit son nom ? s'inquiéta vaguement Leptke.

– C'est une information anonyme que nous avons reçue tout à l'heure. Comme nous savons que vous êtes cinq ici et trois au dixième étage de la tour Munich. Comme vous pouvez le constater, nous sommes très bien informés.

– Va te faire foutre ! lança Leptke.

– Nous pourrions négocier, Diable noir.

– Négocier ? Négocier quoi ? répéta Leptke, surpris.

– Par exemple, vous pourriez vous débarrasser de vos explosifs et, en échange de ce geste, nous pourrions lever le brouillage. Qu'en pensez-vous, Runaway ?

– C'est non !

– Votre reddition elle-même peut se négocier. Il y a là-haut beaucoup d'argent...

Leptke grimaça :

– Je t'ai dit d'aller te faire foutre ! La reddition, monte la chercher !

Et, sans colère, il écrasa le talkie-walkie sous sa ranger, prenant tout de même un certain plaisir, sinon un quelconque soulagement, à écarter toute possibilité d'un accord négocié.

Comme il relevait la tête, il croisa le regard déterminé de Mourad Bellounis qui désignait son frère en disant :

– Amirouche, il va mourir. Faut pas le laisser là, faut qu'il meure dehors.

Leptke observa Mourad et comprit immédiatement qu'il ne le ferait pas changer d'avis. Il reporta son attention sur Amirouche, évanoui. Suintant des pansements rougis, une petite flaque de sang entourait les jambes déchiquetées du blessé.

Mourad, sans ajouter un mot, se dirigea vers son frère qu'il chargea sur ses épaules.

Do Santos lui tendit un P.M. mais Mourad, souriant, sortit son poignard :

– Ça ira !

Puis, traversant le couloir, il s'engagea dans les profondeurs obscures de l'escalier.

Mourad Bellounis eut l'impression d'un ballet s'inspirant pour moitié d'une tradition antique et, d'un autre côté, des danses les plus modernes.

Un ballet feutré, une danse d'ombres dans la nuit du palier.

La première ombre l'effleura, lui entaillant la poitrine d'un coup de machette.

La seconde fut moins heureuse puisque Mourad, devançant l'attaque présumée, enfonça son poignard dans quelque chose de mou.

Une troisième ombre surgit, lui traversant l'épaule d'un coup de pic à glace et Mourad, sous l'effet de la douleur, laissa tomber le corps d'Amirouche.

Se baissant aussitôt vers son frère, il entendit le bruit d'une lame heurtant le mur contre lequel il se trouvait quelques secondes plus tôt. Il n'eut aucune peine à localiser son adversaire et, frappant de bas en haut, son poignard heurta un os avant de traverser une zone tendre. L'ectoplasme poussa un cri et s'effondra.

Mourad ne se faisait aucune illusion. A vrai dire, il ne songeait déjà plus à supputer ses chances de survie.

Il voulait simplement trouver sa place dans ce ballet, s'y intégrer totalement pour donner un aperçu des traditions culturelles et guerrières qu'il revendiquait.

Il eut la joie d'atteindre cet objectif, ne comptabilisant plus le nombre de fois où son poignard, devenu poisseux, s'enfonçait dans des bas-ventres, des poitrines, des visages...

Il avait un vague regret, quelque part. Ne pas avoir appris l'arabe, ne pas pouvoir parler franchement avec sa mère, ne pas pouvoir rencontrer ce père inconnu...

Il s'aperçut que le ballet avait été sonorisé. Les plaintes, les râles, les « humf » des hommes faisant appel à toutes leurs forces – lui-même – pour enfoncer leurs armes d'acier...

Puis, soudain, ses forces l'abandonnèrent.

Percé de toutes parts, il venait de recevoir un coup plus formidable que les autres.

Cloué au mur, il tâtonna avant d'identifier le pieu dont s'était servi son vainqueur.

Un pieu ! Comme un sanglier forcé par les pédoques des chasses à courre.

Il trouva l'image plaisante, fugitivement.

Car, à présent, c'est une véritable forêt d'armes blanches qui le perçaient de tous côtés.

Do Santos, jumelles à infrarouges aux yeux, observait les deux groupes de Chinois qui jouaient sur le rez-de-dalle.

Sa curiosité éveillée, il régla ses jumelles, sursauta, puis, livide, se retourna vers Leptke et Buchalter :

– Amirouche et Mourad ne sont pas passés.

Nono vomit immédiatement puis, à voix basse pour ne pas réveiller Subborg :

– Les ordures !

Forster tendit la main vers les jumelles à infrarouges mais Nono l'arrêta :

– Vaudrait mieux pas, petit !

Forster observa longuement Nono, comme s'il cherchait à deviner les raisons de ce refus. Puis, d'un ton sans réplique, il répondit :

– Je préfère savoir.

Il n'eut aucune peine à régler les jumelles, faisant le point sur un Chinois au visage jovial.

C'était la toute première fois qu'il voyait deux équipes de handball jouer avec deux ballons en même temps et, tout d'abord, il pensa que les règles de ce sport subissaient des variations dans l'espace, au gré des pays...

Mais, à mieux y regarder, c'était aussi la toute première fois qu'il voyait des types se lancer des têtes humaines coupées au ras du menton.

Les Chinois ne lui semblèrent pas particulièrement barbares, là où tant d'honnêtes citoyens auraient poussé des hauts cris, parlant volontiers de « Moyen Âge ». Logique, Forster ne les trouvait en tout cas pas plus barbares que tant d'honnêtes citoyens, membres des jurys d'assises, qui n'agissaient pas différemment quelques années plus tôt. La pompe en plus, bien entendu, juges, procureurs et substituts tout de noir vêtus, tels des corbeaux déplumés guettant d'un œil brillant le lièvre qui se couche sur le flanc pour mourir.

La pompe en plus, c'est-à-dire l'obscénité, pareille à celle des partisans du « rétablissement » ou à cet ancien Premier ministre qui, député de la capitale de la bouffe, avait voté contre l'abrogation.

Forster songeait à tout cela, accoudé à la fenêtre, les jumelles aux yeux.

Seulement voilà, il s'agissait, ici, de la tête d'Amirouche et de celle de Mourad...

Calmement, il posa ses jumelles, fouilla dans son sac d'où il sortit deux grenades.

A Nono qui l'observait silencieusement, il expliqua :

– Je vais pas les tuer. Puisqu'ils nous narguent, on va leur faire ce qu'il y a de pire : ils vont « perdre la face ».

– Comment ça ? demanda Nono.

Forster désigna les grenades :

– J'ai ramené ça d'un « contrat » au Canada. C'est des lacrymogènes D.A.-D.C., complètement inconnues en Europe. Ça déclenche une défécation irrépressible. Et instantanée.

Puis, très calmement, il jeta les deux grenades au milieu des joueurs de handball.

28

– Et maintenant, qu'est-ce qu'on peut foutre ? demanda Buchalter.

Leptke eut un geste d'impuissance :

– Notre seul espoir, pour se tirer d'ici, c'est Vang. Et ce fumier donne pas de nouvelles.

D'un geste las, Do Santos écarta les diamants et les pierres précieuses et s'assit sur la table :

– Vang ne viendra pas. Ni maintenant, ni tout à l'heure. Il ne viendra jamais.

– Pourquoi ? s'enquit Buchalter avec anxiété.

Do Santos souffla une longue bouffée de son cigare.

– Il n'a jamais souhaité qu'on réussisse le casse. Ce qu'il voulait, c'est que le problème des Chinois soit posé dans ce pays. Pour n'avoir pas envisagé ça, je suis vraiment le roi des cons ! Pas difficile à comprendre, pourtant !

– Moi, je pige pas ! dit Leptke.

Do Santos reprit, patiemment :

– Il faut voir que ces types ont bénéficié de la sympathie de l'Occident lorsqu'ils sont arrivés ici dans les conditions que vous savez. Par contrecoup logique, le pays d'origine apparaissait comme un enfer puisque des familles affrontaient tous les dangers pour le quitter. Autant de gagné pour la propagande occidentale. Seulement de l'autre côté, aussi, il y a des services de propagande, tous aussi pourris. Présenter globalement les « réfugiés » chinois comme de la racaille, des oisifs, des asociaux et souligner son caractère criminogène, c'est une excellente opération politique qui vaut un gros investissement en temps et en argent, d'où ce casse.

Il observa Leptke et Buchalter et reprit :

– Que diront les gens en apprenant ce qui vient de se produire ici ? Que penseront-ils à l'annonce des sommes fabuleuses qui transitent dans ce duplex ? Et de l'origine de ce fric ? Croyez-vous qu'ils feront une distinction entre Diem et les notables de la Deuxième Force ? Absolument pas ! Dans l'environnement raciste actuel, ça fera pas un pli !

– Et alors ? dit vivement Buchalter : c'est pas de la racaille, ces mecs ? T'as vu leurs mœurs… Comment je dirais ça…

Do Santos sourit, un sourire un peu découragé.

– T'as vu combien de dizaines de milliers de

Chinois, depuis qu'on est sur ce coup ? Combien de milliers ? De centaines ? De dizaines ?

Buchalter baissa la tête mais Do Santos ne crut pas nécessaire d'employer un ton triomphant :

– T'as vu quelques types, la plupart morts, d'ailleurs. Quelques types corrompus, de la vérole, des vomissures : c'est un peu juste pour faire un peuple, non ? Nous-mêmes... Tu crois que je fais honneur au Portugal ? Tu crois que tous les Algériens, ou semi-Algériens, sont comme les Bellounis ? Et les Africains comme Leptke ?

Il se leva et se planta devant la baie vitrée, mains dans les poches :

– Conneries, d'ailleurs, tout ça. Ici, on est pas entre races, on est entre tueurs.

Leptke, qui avait durement encaissé, demanda :

– Et les autres Chinois, les Chinois « honnêtes » de la Deuxième Force : ils laissent faire ?

Do Santos se retourna vivement.

– Qu'est-ce que j'en sais, moi ? Qu'est-ce que je connais aux Chinois ? Tu crois que je les ai fréquentés pendant les guerres d'Afrique ? Ou pendant la révolution, à Lisbonne ?

Il hésita et ajouta :

– Et puis à quoi bon ? Qu'est-ce que tu veux

que je t'explique alors que tous ces mecs gambergent au meilleur moyen de nous faire la peau ?

– S'il y a une réponse, je veux la connaître. Les Chinois attendront.

Do Santos tira une chaise et s'y assit à califourchon.

– Je vais vous parler comme je pense, les gars. Il existe évidemment une mafia chinoise mais il est pas douteux qu'il y a aussi une lutte des classes, ici, dans le Chinatown. Tu crois qu'ils ne rêvent pas comme nous, ces types enchaînés à leur fourneau ou rivés à leur machine à coudre dans des ateliers clandestins surchauffés, sans hygiène ? Tu crois vraiment ça, Louis ?

– Ils peuvent se révolter, non ? Qu'est-ce qu'on a fait d'autre, nous ?

Do Santos haussa les épaules.

– La contestation des rôles assignés, la remise en question de la division du travail, le refus de la délégation de pouvoir : avant de l'exiger des Chinois, faudra d'abord qu'on le réalise nous-mêmes. Quant à la révolte individuelle... Bien sûr, mais où ça nous mène ?

– J'y pige pas grand-chose mais je te fais confiance ! dit Leptke.

Un silence mélancolique s'abattit sur l'immense pièce. L'or, l'argent et les mètres cubes de billets de banque prenaient, dans ce contexte, un aspect dérisoire.

Do Santos observa les rafales de pluie qui frappaient les vitres en disant :

– On sortira pas d'ici.

Leptke se leva à son tour, mais plus énergiquement, en disant :

– Si, on sortira d'ici. Et tout de suite, encore ! Bourrez vos poches de diams, de gros biffetons et de lingots. Rassemblez la puissance de feu maximum ! Ça va chauffer, les mecs. Aquilo, tu fais exploser l'étage : faut que les copains d'en face perçoivent le signal.

29

Subborg, tel le déserteur qu'il était de fait, avait ôté son béret noir, arraché ses insignes et les boutons d'argent de son uniforme et laissé flotter son pantalon sur ses rangers ainsi dissimulées.

Nono lui jeta un regard critique.

– Avant, t'étais démonétisé. Te voilà démilitarisé. Tu progresses, le gros.

Forster constata d'un ton acide :

– T'aurais tout de même pu attendre le signal de Leptke.

– Pour que ces enfoirés de Chinois jouent aux billes avec mes couilles ? Ah, merci ! Nono avait qu'à pas me raconter, pour les Bellounis ! T'as voulu me foutre les jetons ? Eh ben, c'est gagné ! Et puis moi, quand un coup foire, je me tire dans l'autre sens !

– T'es volontariste, quoi ! lança Forster, ironique.

Une dernière fois, Subborg se rendit dans la salle de bains pour se contempler :

– Je crois que ça ira.

Puis, un instant plus tard :

– Tiens, les macchabées chinois se raidissent déjà...

Il revint, assez fringant, et tendit la main à Forster qui tarda à s'en saisir. Puis, il prit congé de Nono, ouvrit la porte, hésita et se retourna :

– Faut pas faire les hommes d'honneur quand on est dans la jungle !

– Tu participes pour beaucoup à cette impression de jungle ! lança Forster.

Subborg revint sur ses pas et ajouta :

– Faut vous casser, les gars ! On pourrait partir ensemble ? Parce que... si les Chinois entrent ici et vous trouvent avec quatre des leurs empilés dans la baignoire, ils vont vous couper en petits cubes !

– On partira quand Leptke nous donnera le signal ! répondit Forster d'une voix lasse.

– Comme vous voudrez... Pour mon sac à dos, vous pouvez vous partager le matériel et les chargeurs. Il y a aussi du pâté et du salami...

– Casse-toi vite, le gros ! rétorqua Nono. Et il ajouta : au fond, je pensais même pas que tu resterais aussi longtemps.

Subborg les regarda une dernière fois puis s'éloigna.

– Adieu, les mecs !

Subborg jubilait.

Non seulement il avait quitté cette tour maudite, non seulement il avait atteint le parking souterrain sans difficultés mais, en outre, la première bagnole « visitée » était la bonne, avec les clés bien en vue sur le tableau de bord.

Vaguement soupçonneux, il ouvrit tout de même le capot de la Renault 20 garée, seule, près du débouché de l'ascenseur. Constatant qu'aucune charge n'y avait été déposée, il se rassura au point de s'asseoir au volant sans pousser davantage ses investigations.

Il connut une nouvelle angoisse au moment de tourner la clé de contact, rentrant instinctivement la tête dans les épaules.

Mais le bruit du moteur, qui tournait rond, le rassura tout à fait.

Se décontractant complètement, il se cala sur le siège.

Tout était dit.

Neuf cents mètres de parking désert et il sortirait de cet enfer chinois.

Même… il se choisirait une bonne brasserie et s'offrirait un gueuleton de chef.

Exactement ce qu'il allait faire !

Bouffer-oublier- bouffer-oublier…

Ce leitmotiv, c'était sa vie, non ? Mais oublier quoi, au juste ? Qu'il n'avait pas vraiment eu de chance ? Qu'il vivait dans la merde, où qu'il aille, et même lorsque, au bout du désespoir, il s'offrait une suite dans un palace ? Qu'il en était réduit à rêver les rêves des autres ? A s'inventer des vies étrangères, des vies dans lesquelles il ne se serait même pas regardé, misérable petit prédateur, perpétuellement le nez au vent pour flairer l'« affaire » qui le sortirait de « là », perpétuellement le sourire en coin parce qu'un sourire, évidemment, mille fois oui, mais merde : pourquoi ? Oui, un sourire se devait d'être salace, abject et répugnant !

Il posa sa tête sur ses bras qui entouraient le volant et se mit à pleurer. Parce que dans ses rêves, il restait avec Nono et Forster, il attendait le signal de Leptke pour décrocher...

Il se redressa et regarda le mur de ciment gris qui lui faisait face.

Rêver sa vie... Une vie où il mangeait des carottes râpées et affectait le plus grand dédain pour cette foutue bouffe. Rêver des nuits de mai en communion avec un passé imaginaire, et l'odeur lourde du lilas sous ses fenêtres, une nuit tendre où il enlaçait la fille du quincaillier dont parlait Forster. Exactement ! S'épancher sur l'épaule nue et douce de cette Maryse qui inclinerait vers lui sa petite tête attentive en le faisant fondre de bonheur...

Et puis... rêver une allée de mâchefer menant à une petite maison où on l'attendrait et dans la cheminée de laquelle brûlerait un feu de bois. Et puis... une odeur d'estouffade de bœuf aux pâtes fraîches, oh oui, rien que cette petite concession de rien du tout, une toute petite estouffade de bœuf, archi-minus...

Il sursauta.

Il s'était déçu.

La bouffe, une fois de plus !

A quoi bon rester ? Il savait, maintenant, qu'il ne remonterait pas.

Il pensa à Nono, l'imaginant rapidement débordé par une horde de Chinois...

Forster, lui, se battrait dos au mur, évidemment : toujours très classe, toujours veinard, même dans sa manière de tirer sa révérence.

Il se demanda si leurs corps seraient mutilés, comme ceux des Bellounis. Et puis les autres, tous les autres : Leptke, Do Santos, Axel, et même ce fumier d'Alsacien, Buchalter, qui lui avait promis une danse. Qu'étaient-ils devenus ?

Il donna un coup d'accélérateur à vide, faisant rugir le moteur.

Good bye, Chinatown !

Il pensa que tout était mieux ainsi, qu'il avait raison de s'accepter tel qu'il était, un pauvre porc traînant sa viande pour échapper aux charcutiers chinois.

Et puis, au fond, il s'aimait bien. Peut-être même à cause de ses défauts, justement.

Il embraya la marche arrière et s'adressa un nouveau regard dans le rétroviseur intérieur.

Mais là, ça n'allait plus.

Il sursauta, surpris.

Il ne se connaissait absolument pas ce visage mince, au teint jaune, ni ces cheveux très noirs, ces dents éclatantes...

Et encore moins ces yeux bridés.

Il n'eut pas le temps de s'étonner davantage : d'un rapide mouvement rotatif, le rasoir venait de lui trancher la carotide.

30

Leur technique était simple : à chaque étage, l'un d'eux prenait la tête.

Une sorte de roulette russe pour une descente de cauchemar vers les enfers. Impression accentuée par ces trente étages, ces centaines de marches de ciment, cet interminable escalier circulaire semblable à une toupie folle.

Chacun avait sa manière. Et ses armes.

Do Santos avait pris la tête, du trentième au vingt-neuvième étage. Des grenades en sautoir, des chargeurs plein les poches, un pistolet mitrailleur Scorpion 61 dans chaque main et des lingots d'or dans son sac à dos, il avançait prudemment, par à-coups, le dos à la paroi.

Buchalter l'avait remplacé du vingt-neuvième au vingt-huitième étage. Le lance-flammes arrimé sur ses larges épaules, le corps littéralement matelassé de gros billets, il propulsait son mètre quatre-vingt-douze sans hésiter, sans ralentir, prêt à carboniser tout ce qui se présenterait.

Un sac de diamants autour du cou, son Standard Sentinel Snub Nose dans la main droite et un très court pistolet mitrailleur Walther P.P.K. dans la main gauche, Leptke avançait presque courbé, pressé d'être relayé au vingt-septième étage par Do Santos.

Ils avaient tendu la première embuscade entre le vingt-troisième et le vingt-deuxième étage, mais, très curieusement, la vague d'assaut semblait constituée d'hommes relativement âgés, plus très ardents pour en découdre. Sans doute les plus faibles, ceux qui craignaient encore les coups de gueule ou les menaces des nervis de Diem.

Dès qu'il les vit agiter leurs coupe-coupe à moins de deux mètres, Buchalter lâcha une longue traînée de gaz liquide mais, très lucidement, il sut qu'il n'en sortirait pas.

Il n'eut à aucun moment l'occasion de songer à cette grande maison alsacienne qui, d'une certaine façon, l'avait conduit jusqu'ici.

Les premiers corps flambant comme des torches, emportés par l'élan de la charge ou poussés par-derrière, tombèrent sur lui.

Ses vêtements en feu, jusqu'au dernier instant Buchalter tenta de défaire les courroies du lance-flammes arrimé sur ses épaules.

– Vite ! Il va exploser !

Leptke, totalement dépassé par les événements, fixait Buchalter qui, à son tour, flambait des pieds à la tête.

Puis, il lui sembla voir le visage de Do Santos qui lui hurlait des mots incompréhensibles en le tirant vers le haut de l'escalier, l'empoignant aux épaules, et même aux cheveux.

Il se sentit tiré vers l'arrière, vers le sommet de la tour qui, piégé, devait exploser d'un instant à l'autre.

Il savait qu'il ne pouvait plus ni avancer, ni reculer.

Mais il ne pouvait détacher son regard de son ami Buchalter curieusement adossé à la rampe dans laquelle s'était coincée une des courroies du harnais.

Il semblait dormir dans un monde étrange, d'un rouge rubis qui tranchait avec les trous noircis qu'étaient devenus ses yeux.

Ils ne savaient pas combien de temps s'était écoulé depuis la mort de Buchalter.

Do Santos, un peu inquiet, regardait son compagnon assis sur une marche, prostré, le regard fixe.

Il le regardait affectueusement, notant quelques fils blancs perdus dans ses cheveux noirs et crépus coupés très court, nuque et oreilles dégagées.

Il pensa à d'autres Noirs, à l'Afrique, aux guerres coloniales déclenchées par la dictature de Salazar.

Il pensa aussi au 25 avril 1974, quand l'armée portugaise était entrée dans Lisbonne, l'œillet rouge au canon du fusil.

Il se rappelait parfaitement la jonction des colonnes de camions venant de Santarem et de Caldos De Rainha dans la nuit fraîche et courte, les véhicules cahotant sur les mauvaises routes menant à la capitale.

Il revit la prise du palais de Belém et celle du siège de la police politique, rue Antonio Maria Cardoso.

Il songea à ce salaud de Marcelo Caetano, le successeur de Salazar.

Et Spínola, désigné par la bourgeoisie affolée.

Mais ces gens-là n'étaient pas des leurs. « Soldat, retourne ton fusil contre Spínola », disaient les pancartes et les banderoles des travailleurs.

Le M.F.A., c'était aussi Otelo Saraiva de Carvalho. Et les autres, tous les autres : les leurs !

Do Santos songea à l'incertitude des luttes de classes, à tous ces jours enfuis et puis l'étouffoir socialiste, l'autre visage de la bourgeoisie, en l'occurrence, le visage flasque et veule de Mario Soares.

L'ex-lieutenant Do Santos se leva et secoua l'épaule de Leptke.

– Faut y aller, vieux. Le sommet va exploser d'une seconde à l'autre.

– Hein ?

– Faut y aller, maintenant. Le réservoir de Roger n'a pas explosé, je comprends pas pourquoi... Mais là-haut, ça va péter dur ! Allez, magne-toi !

Leptke se leva et suivit Do Santos.

Ils se trouvaient à la hauteur du troisième étage, surpris que rien, encore, ne leur soit arrivé.

C'est pourtant là que les attendaient une centaine d'hommes jeunes et très excités, à peu près tout ce qu'il restait des nervis de Diem.

Leptke et Do Santos, en d'autres circonstances, auraient sans doute compris qu'ils constituaient un objectif presque secondaire, leur malchance étant de se trouver très exactement entre le trésor de Diem et les attaquants.

Mais, tous les nerfs tendus, ils étaient devenus incapables de tenir un tel raisonnement.

Do Santos fit feu immédiatement.

La multitude ne semblait pas l'impressionner. Pas plus, en tout cas, que la forêt de coupe-coupe et de hachoirs à viande qui fondait sur lui.

Il ne haïssait même pas ces hommes. Simplement, ils lui bouchaient le passage.

Leptke, gêné par son ami, ne pouvait tirer.

Il n'avait encore jamais tué un homme. Pourtant, il savait que lorsque Do Santos s'écroulerait et que son tour serait venu de se trouver face à la meute, il ferait feu.

Oui, bien sûr. Cela aussi...

Il songea au vingt-deuxième étage, aux corps calcinés recouverts de neige carbonique par les extincteurs des Chinois. Il avait reconnu Buchalter, au passage, grâce à la bonbonne du lance-flammes. Le corps avait rapetissé, se tassant sur lui-même comme une poupée ridicule.

Do Santos tirait des rafales courtes et précises, comme à l'exercice.

Puis il jeta son premier Scorpion 61 – dont le chargeur était vide – aux visages des hommes qui lui faisaient face, attaquant sans relâche, comme hallucinés.

Le second P.M. suivit presque aussitôt le même chemin, brisant la mâchoire d'un jeune Chinois.

Do Santos n'avait plus le temps.

Plus le temps de sortir son poignard et de se

battre à l'arme blanche. Il ne s'était à aucun moment écarté, gênant continuellement Leptke.

Le protégeant, aussi.

Puis il se retourna, le visage en sang, et regarda Leptke, une seconde... Et il ébaucha ce geste de la main qui signifie « fous le camp » dans tous les pays du monde.

Pour Leptke, ce geste sembla surréaliste. D'abord, il n'était pas question une seconde de s'enfuir seul. Et quand bien même : par où ?

Do Santos lui fournit l'explication dans les secondes qui suivirent.

Les assaillants le submergeaient déjà lorsqu'il dégoupilla une grenade incendiaire juste avant que le premier coup de machette ne lui entaillât la veine jugulaire.

La bouche pleine de sang, les yeux exorbités, il serra la grenade contre sa poitrine et se jeta contre les Chinois, disparaissant dans la série d'explosions qui suivirent aussitôt, au fur et à mesure que sautaient les grenades dont il s'était ceinturé la taille.

Leptke se trouvait devant un trou. De la fumée, des corps, des armes abandonnées...

Sans hésiter, il traversa le palier, tira une rafale dans une serrure, traversa un appartement sans accorder un regard à la famille terrorisée qui le regardait en hurlant puis, à bout de souffle, il ouvrit une fenêtre.

C'était terriblement haut et, du troisième étage, la pelouse semblait très étroite.

La machette, lancée d'une dizaine de mètres, se ficha dans le montant de la fenêtre, à quelques centimètres de la tête de Leptke penchée vers l'extérieur.

Leptke se retourna.

Ses yeux affolés allaient de la petite pelouse aux hommes qui avançaient vers lui, l'arme haute, sans hâte. Certains, déjà, ne cachaient pas leur joie.

Leptke n'hésita plus. Il enjamba le montant de la fenêtre et sauta dans le vide au moment précis où la tour tout entière, secouée par l'explosion du dernier étage, tremblait sur ses fondations.

31

Pour Leptke, c'était la fin.

Personne, et lui le premier, n'aurait parié un penny sur sa tête.

Une cheville brisée, il s'était péniblement relevé et regardait autour de lui.

Seule une grille d'une trentaine de centimètres de hauteur le protégeait de la centaine de Chinois qui l'entouraient, recevant des renforts d'instant en instant.

Certains le regardaient avec haine. D'autres avec la joie du pêcheur ferrant une pièce trop longtemps convoitée. Quelques-uns semblaient curieux du Diable noir dont la légende, en une nuit, avait bouleversé le Chinatown. Une dizaine, qui n'osaient bouger, manifestaient inconsciemment un certain respect pour l'adversaire traqué. D'autres, enfin, généralement plus âgés, le regardaient avec tristesse. Il s'en trouva même un pour hocher la tête et s'éloigner malgré les injonctions menaçantes d'un chefaillon.

Leptke avait perdu ses armes, quelque part, dans l'herbe de la pelouse.

Il se souvint du jour où, dans une situation qui n'était pas sans rapport avec celle-ci, il s'était coupé deux doigts et, lorsqu'il tira son poignard, ce fut presque en hommage à un passé qu'aucun de ses adversaires ne connaissait.

Les Chinois se regroupaient, silencieux et, pour une bonne moitié d'entre eux, avec une sourde hostilité à l'endroit de leurs chefs.

Les traits tirés, ils accusaient la fatigue de la nuit sans sommeil à quoi s'ajoutait la lassitude des combats.

Très loin, sur les confins est du Chinatown, on entendait, mêlées aux explosions de pétards, les sirènes à plusieurs tons des pompiers, des ambulances et de la police.

Enfin, avec une extrême prudence, un, deux, puis plusieurs Chinois escaladèrent la courte grille avant de marcher sur Leptke en effectuant un mouvement enveloppant.

– Leptke !

Leur attention captée par l'incendie du sommet de la tour Berlin, ni Nono ni Forster n'avaient remarqué le saut désespéré de Leptke.

Par contre, le regroupement près de la pelouse ne leur avait pas échappé.

Nono se cala avec application dans l'emplacement de tir qu'il avait préalablement repéré, puis, sans même avoir conscience de son geste, il caressa le canon de la mitrailleuse MG 34, et fit jouer l'arme, par de brèves rotations, dans son support.

Il ne lui fallut que quelques instants pour mesurer les dérives. Par contre, il ne s'assura ni du verrouillage de la culasse, ni du déverrouillage du canon, ni d'aucune des opérations préparatoires effectuées avec le plus grand soin des heures auparavant.

Sous l'œil étonné de Forster, Nono caressa une fois encore la mitrailleuse puis, approchant son visage, il se concentra sur la ligne de mire à œilleton...

Les têtes, dix étages plus bas, se tournèrent dans tous les sens.

A commencer par celle de Leptke.

Un certain flottement se produisit chez les Chinois, puis un rang entier tomba, balayé en enfilade par les balles de 7,92 mm.

Le rang décimé n'eut pas la grâce des blés fauchés, image chère aux Déroulède de tous les temps. La guerre étant par essence une chose sale et les opérations militaires – fussent-elles privées – relevant d'un semblable constat, les survivants virent des têtes éclater, des corps bondissant comme pour montrer leur poitrine trouée de part en part, des membres sectionnés...

La débandade fut immédiate.

Leptke ne chercha pas à comprendre. Traînant la jambe, il escalada la grille, retomba lourdement, parcourut une dizaine de mètres puis, n'y tenant plus, se retourna.

Il lui fallut un certain temps pour comprendre ou, peut-être, pour admettre que oui, décidément oui, tous les hommes n'étaient pas des lâches et des salauds que oui, mille fois oui, la parole donnée à un frère, à un ami, vaut tous les sacrifices et que la fidélité donne un sens à l'existence.

Il ne connaissait pas grand-chose à l'histoire mais aurait volontiers souscrit à certains épisodes : la garde impériale à Waterloo, battue d'avance, se formant en un dernier carré, dense forêt de bonnets à poil qu'on réduisit au canon... Léonidas aux Thermopyles... Ou ce centurion romain retrouvé à son poste dans les ruines de Pompéi, statufié par les cendres du Vésuve parce que personne ne l'avait relevé et qui, vingt siècles plus tard, fit l'émerveillement d'Oswald Spengler... Et ce bataillon des Brigades internationales écrasé par les Maures de Franco sans céder un pouce de terrain parce que « No pasaran » veut dire « Ils ne passeront pas ! ».

Il était ainsi, Louis Leptke. Un homme d'un autre temps qui croyait à la valeur des mots.

Ses copains étaient là-haut.

Ils ne s'étaient pas sauvés, ventre à terre, au motif que le « grand braquage » tournait à la débâcle.

Une lumière discrète s'était allumée, au dixième étage de la tour Munich. Une lumière qui permettait de voir deux silhouettes agitant la main à proximité de la bouche noire d'une mitrailleuse qui attendait, silencieuse.

Le cœur gonflé de reconnaissance, Leptke leva à son tour la main, agitant les trois doigts qui lui restaient.

Puis il vit la zone plus sombre de l'immeuble de bureaux, à une centaine de mètres.

Un groupe de quatre Chinois déterminés lui barra le passage, sous la conduite d'un homme plus petit qui tenait un fusil à canon scié.

Leptke pensa que cette fois...

Puis, brutalement, sans préavis, le tir extraordinairement précis de la mitrailleuse MG 34 balaya l'obstacle, les attaquants dégringolant les uns sur les autres à la manière de ces dominos dressés à un centimètre d'intervalle.

D'autres petits groupes surgirent, revenus le

harceler des profondeurs de la nuit, et connurent le même sort que le précédent.

Leptke avançait en boitant au milieu d'un cercle de métal magique qui le protégeait. La mitrailleuse tirait à présent sans discontinuer, servie par un virtuose qui décrivait des arabesques autour de l'homme blessé, prenant du large, revenant à moins de deux mètres, s'écartant, hoquetant, crachant ses balles de 7,92 mm.

L'effet fut totalement dissuasif.

Leptke avançait toujours, de plus en plus vite, sans même se rendre compte qu'il pleurait.

Un dernier groupe de Chinois, rameutés parmi une trentaine de survivants, le regarda, un instant, sans oser s'approcher.

Puis, leur chef ayant désigné d'un geste la tour Munich, le groupe changea de direction.

Et de proie.

32

Forster attrapa son canard de Barbarie qui courait sur la moquette.

– Je refuse, Nono !

Nono secoua la tête et reprit, patiemment :

– Écoute, mon petit gars, avec mes histoires cardiaques, tu crois que je pourrais tenter un rodéo pareil ? Tu te rends pas compte que les jeux sont faits ?

Forster hésita puis, d'un ton buté :

– Je refuse !

– Arrête tes conneries, petit ! Je suis cuit, de toute façon. Alors ce que j'ai fait pour Leptke, je peux le refaire pour toi. T'avanceras au milieu d'une volée de balles, personne pourra t'approcher et comme leur armurerie a été foutue en l'air, t'as vraiment rien à craindre.

Forster réfléchit. Il était impeccablement sanglé dans son uniforme sombre, le béret noir légèrement incliné sur le côté. Il hésitait, caressant machinalement son canard de Barbarie puis, d'une voix lasse :

– Je suis fatigué de tout ça, Nono. Donne-moi une raison, une seule, pour continuer ce cirque, cette vie qu'en est même pas une...

– Lui !

Forster ferma les yeux, étonné :

– Lui qui ?

– Général Sherman, ton canard. Sans toi, c'est la casserole. T'as charge d'âme, petit !

Forster sourit :

– C'est une bonne raison, Nono, mais pas suffisante. Tu vois, ça me gêne un peu de dire ça mais t'es la seule personne... Enfin... tu vois, t'es le seul à qui j'estime devoir démontrer quelque chose. Alors voilà : je reste, c'est définitif !

Nono souriait de la gêne de Forster. Lui-même, d'ailleurs, avait le sentiment de s'être trouvé un fils, en quelques heures. Le fils que les fascistes l'avaient empêché d'avoir en le mutilant, quarante ans plus tôt.

Il le détailla.

Il aimait bien ce nez court, légèrement en trompette, ces taches de rousseur, ces yeux d'un vert reine-claude et puis les cheveux d'un jaune presque bouton-d'or... et puis la retenue, la pudeur, le courage et la classe...

– Promets-moi une chose, mon p'tit bonhomme !

– Quoi ?

– Avant, je voulais te dire que je crois pas à toutes ces conneries sur l'inégalité des races humaines.

– Moi non plus.

– Notre histoire, ce coup foireux, on aurait pu le vivre autrement, dans un autre pays.

– Pas besoin d'aller dans un autre pays ! coupa Forster en reposant son canard de Barbarie.

– Comment ça ?

– Si on avait braqué le trésor du Berry profond, c'est les Berrichons qui nous assiégeraient en ce moment avec une rapacité au moins égale.

Nono sourit :

– Exactement ! C'est pour ça qu'il faut croire en l'homme, parce que des salauds et des mecs bien, y en a partout.

Forster fronça imperceptiblement les sourcils et demanda d'un air méfiant :

– Où tu veux en venir au juste ?

– Suppose que tu t'en tires... Eh ben, si par hasard j'étais pas là pour aller boire un godet de temps en temps, si j'avais cassé ma vieille pipe, ça me ferait plaisir de savoir que t'as changé de vie parce que... à ton âge, rien n'est joué.

– C'est pas ce que je pense !

– Peut-être, mais je te connais assez pour savoir que tu y réfléchiras ! Mais c'est pas tout !

Je voudrais aussi que tu fasses des mômes, des petits Forster, les plus proches possible de l'original.

Et, comme Forster le regardait, visiblement soufflé, il ajouta :

– Sois gentil, va à la cuisine me chercher une de ces horribles bières chinoises.

Incertain, Forster se dirigea vers la cuisine.

Nono, le voyant se retourner, lui adressa un petit signe encourageant.

Il était très pressé, maintenant, chaque seconde comptait. Alors, à quoi pense-t-on dans ces moments-là ? Forster ? Là, tout était dit, le môme, s'il sortait de cet enfer, l'écouterait. A la virgule près. Même si ça devait prendre des années.

Et puis ?

Ah oui, ça, il se l'était toujours promis ! C'était même son ultime rencard sur cette terre, juste avant le grand trou noir !

Il « le » revit. Il le revit avec des yeux de petit garçon, avec les yeux de l'écolier emmitouflé dans des vieux pulls superposés qu'il avait été.

En surimpression du Chinatown traversé par les lueurs rouges de l'incendie de « Berlin », il revit le mur du cordonnier et puis ce gros bonhomme dans les lézardes, un gros bonhomme avec des yeux carrés et des cheveux coiffés en brosse... Il le trouva vieilli, presque effacé comme si… Mais oui ! Comme s'il cédait la place ! Comme si Nono, à son tour, devait apparaître dans les fissures d'un mur pour le plus grand étonnement d'un seul et unique petit garçon !

Forster s'était dépêché, en proie à un pressentiment. Décapsulant hâtivement la canette, il avait foncé vers le petit living-room sans même prendre la peine de refermer la porte du réfrigérateur.

Il le vit.

Nono, un peu gêné, était assis sur l'appui de la fenêtre. Quelque chose d'un gosse. Oui, un vieux gosse surpris un pot de confiture de myrtilles à la main.

Il risqua un pauvre sourire en disant :

– T'as plus à traîner de poids mort ! Calte ! Vite ! Et pense à moi, de temps en temps…

Il bascula dans le vide sans rien ajouter.

Leptke avait atteint la zone d'ombre.

Adossé à la façade vitrée, il reprenait son souffle lorsqu'une douleur lui zébra la poitrine.

Un second coup de rasoir lui ouvrit la joue et un troisième, tout aussitôt, lui entailla le bras, de l'épaule au coude. Et, déjà, le Chinois s'apprêtait à frapper une nouvelle fois, visant la gorge.

Leptke n'avait plus le temps de sortir le poignard dissimulé dans la tige de sa botte.

Il se tourna légèrement, tête baissée, si bien que le rasoir lui coupa une oreille. Mais, d'un mouvement de bassin, Leptke parvint à pivoter et à se jeter sur son adversaire.

L'homme était plus petit et beaucoup moins fort que lui mais Leptke, blessé, épuisé, n'arrivait qu'à faire jeu égal avec le jeune Chinois.

Pesant de tout son poids, Leptke parvint à faire basculer son assaillant.

Ils roulèrent sur le sol.

Leptke était parvenu à bloquer le bras gauche de son adversaire dont il cassait le poignet en broyant les os sous sa poigne. Exerçant des pressions et des relâchements, il parvenait à faire pénétrer des dizaines de fragments d'os dans les chairs molles de la main cassée.

Le Chinois n'avait pas renoncé. S'il ne comptait plus sur sa main gauche, définitivement morte, il lui restait la droite, la plus importante.

C'est en effet dans cette main qu'il tenait son rasoir à l'aide duquel il labourait consciencieusement le dos de Leptke, passant et repassant dans les profonds sillons rougis, décrivant des arabesques dont certaines prenaient naissance au bas du dos pour grimper jusqu'à la nuque.

Leptke hurlait de douleur. Des hurlements inhumains qu'il n'entendait même pas.

La pression du rasoir s'allégea lorsque Leptke arracha de ses dents solides le nez et les lèvres de son adversaire mais, peu à peu, ce fut Leptke qui faiblit.

Dans toute lutte à mort, celui qui lâche pied est perdu.

Leptke le savait.

Abandonnant la main brisée du Chinois, serrant les dents sous les coups de rasoir, il parvint à amener ses trois doigts à proximité du visage de l'autre.

Trois doigts, là où deux auraient suffi. Deux doigts formant une fourchette rigide qui survola le nez mutilé du Chinois avant de s'arrêter, un instant, à la hauteur de ses yeux.

Les doigts de Leptke s'enfoncèrent dans quelque chose de gélatineux.

Peu à peu, l'étreinte se desserra et Leptke s'écroula sur le corps du Chinois.

Là, à quelques mètres, il voyait les buissons de laurier qui bordaient l'escalator menant à l'avenue.

Un escalator non gardé.

Une avenue qui séparait le Chinatown du reste de la ville, une ville où nul ne chercherait à le tuer, une ville où traînaient des véhicules qui ne demandaient qu'à être volés pourvu qu'il puisse arriver jusqu'à eux.

Leptke essaya de se mettre debout. Une fois, dix fois, vingt fois...

Ses lèvres tuméfiées s'entrouvrirent et il balbutia d'une voix presque inaudible :

– Bon Dieu, j'y arriverai pas ! J'y arriverai jamais !

Il pensa à sa femme, à ses enfants, au vieux Dodge, aux couchers de soleil sur la campagne tranquille.

Alors, sur les coudes, mètre par mètre, Leptke entreprit de ramper...

33

Forster ne comprenait absolument pas.

L'ascenseur libre, le hall de la tour Munich désert et ces allées vides quand d'autres étaient barrées par des Chinois qui faisaient semblant de ne pas l'apercevoir...

Au loin, sur toutes les frontières du Chinatown, il entendait le grondement des grenades lacrymogènes, l'intervention brutale de la police ayant finalement dégénéré en émeute raciale.

Forster marchait lentement, toujours impeccablement sanglé dans son uniforme, ses cheveux blonds dépassant de son béret noir où brillait un insigne doré.

Il tenait son canard de Barbarie de la main gauche et son pistolet mitrailleur Scorpion 61 de l'autre.

Il ne comprit qu'en arrivant sur l'immense rosace pavée de granit rose qui marquait le centre du Chinatown.

Il sourit, quoique vaguement angoissé : eh bien voilà, il était arrivé à l'endroit précis où on l'avait savamment canalisé en vue de...

En vue de quoi ?

Dans quel but ?

C'est à cet instant qu'« ils » sortirent. Ils furent d'abord quelques dizaines, puis quelques centaines et bientôt deux ou trois mille.

Sans armes.

« On » avait sorti les femmes, les vieillards, les enfants et certains prêtres portaient des encensoirs d'où s'échappait paresseusement une fumée blanche.

La tempête, enfin calmée, apportait des odeurs de santal et la lune, lointaine et froide, semblait n'apparaître que pour le final, alors que l'aube approchait.

La foule était étrangement silencieuse et grave. Pourtant, Forster n'avait aucune peine à l'imaginer telle qu'elle serait sans doute dans quelques instants, lorsqu'elle se jetterait sur lui, toutes griffes dehors.

Il frissonna.

Il fixa quelques instants encore ces visages éclairés par les reflets rougeoyants de l'incendie et il songea à son père, à leur connivence muette, aux roseurs du matin.

Ngo Van Fu ne bronchait pas, bien que, il le savait, chacun guettât un signe, une parole...

Il observait le Français qui, d'un coup du tranchant de la main, venait de tuer son canard de Barbarie.

Un geste sec et précis.

Ngo Van Fu apprécia, même si l'idée qu'on pût s'attacher à un volatile aussi insignifiant lui était totalement étrangère, relevant d'incompréhensibles perversions culturelles.

Mais sur le fond... Oui, sur le principe : rien à redire. Un guerrier vaincu doit briser ses armes et tout ce qui lui est cher, fût-ce un canard.

Quelque chose, dans cet homme, séduisait le vieillard. Quelque chose d'indéfinissable, une sorte d'aura...

En outre, et bien que l'homme blond et ses compagnons aient tué quelques innocents, ils avaient finalement débarrassé la communauté de Diem et de sa clique de tueurs. Au-delà des espérances les plus folles !

Quant aux commanditaires de Taiwan, de Macao et de San Francisco, ils n'auraient plus jamais l'occasion de créer de nouvelles structures, pourvu que...

Il vit l'homme blond au béret noir se mettre lentement à genoux et comprit ce qu'il allait faire.

Ngo Van Fu demeura songeur, fixant les boutons d'argent de l'uniforme et l'insigne du béret qui accrochaient, par instants, les lueurs de l'incendie.

Là encore, il apprécia : tant qu'à se suicider, un véritable tueur, irrécupérable, aurait d'abord tiré sur cette foule pacifique, prenant un plaisir misérable à entraîner le plus grand nombre possible d'innocents dans son insignifiant naufrage.

Pour la toute première fois depuis très longtemps, Ngo Van Fu, perplexe, hésitait réellement sur la conduite à tenir.

Il contempla Forster, agenouillé, les yeux fermés, et songea : « S'il ouvre par deux fois les yeux, j'interviens pour le sauver. Sinon... »

Forster s'était déjà introduit le canon du Scorpion 61 dans la bouche lorsqu'une chanson très douce lui fit rouvrir des yeux étonnés.

« Ils sont gentils », pensa-t-il en fermant les paupières.

Son doigt, sur la queue de détente, ne tremblait pas.

Il attendait un accord particulier à présent qu'il s'était familiarisé avec le refrain de la chanson.

Oui, « partir » sur cet accord-là, glisser vers l'infini sur cette note crescendo.

Sauf que l'accord ne vint jamais.

La chanson s'était brutalement interrompue, sans plus de raison qu'elle avait commencé.

C'est presque avec irritation que Forster ouvrit de nouveau les yeux, croisant le regard d'une jeune fille.

Un regard très doux, très noir. Et presque sensuel...

« Quel foutu gâchis ! » pensa-t-il.

Il allait fermer de nouveau les yeux, décidé à en finir dans la seconde – avec ou sans musique – lorsqu'il vit un vieux Chinois lever la main en s'approchant.

L'homme qui lui faisait face, curieux mélange de bienveillance et d'autorité, parla d'abord en chinois.

Sa voix et le ton donnaient clairement à entendre qu'il avait l'habitude d'être obéi.

Puis, il s'exprima en français :

– Inutile de mourir. Restez au Chinatown. Vous serez riche, très riche !

Forster trouva un goût désagréable au canon d'acier du pistolet mitrailleur qui lui heurtait les dents. Il l'ôta lentement en songeant à Nono puis se redressa en disant :

– L'argent ne m'intéresse pas !

Le vieux Chinois sursauta, ce qui ne lui était pas arrivé depuis quarante ans :

– Qu'êtes-vous venu chercher ici, dans ces conditions ?

Forster regarda longuement la jeune Chinoise aux yeux noirs et décida de répondre franchement :

– Je ne sais pas. Mais je savais que je devais venir ici.

Le vieux Chinois l'observa intensément puis lui sourit avant de se tourner vers un jeune homme très élégamment vêtu.

Celui-ci hocha la tête à plusieurs reprises puis se tourna aimablement vers Forster :

– Vous allez rester parmi nous. Vous organiserez, selon vos méthodes, un service de sécurité dirigé, cela va sans dire, vers l'extérieur. Vous siégerez au Conseil mais uniquement lorsque ces questions seront à l'ordre du jour. Êtes-vous d'accord ?

– Aurai-je les mêmes droits que n'importe quel habitant du Chinatown ? demanda Forster qui fixait toujours la jeune Chinoise.

L'homme élégamment vêtu suivit son regard et répondit en souriant :

– Pour ces questions-là, qui n'ont rien de spécifique : bien entendu !

34

Leptke avait abandonné la BMW – volée aux abords du Chinatown – à quelques kilomètres de sa propriété.

Par chance, du fait de la proximité d'un dancing, l'endroit constituait un véritable parking à voitures volées et il était plus que douteux qu'on le soupçonnât.

Boitillant, il avait parcouru en titubant trois kilomètres par des départementales désertes et la fatigue, s'ajoutant à ses multiples blessures, ne pesait presque plus rien : il arrivait enfin !

Le sac de diamants autour du cou s'ajoutant aux cent millions déposés par Vang chez son notaire en à-valoir le réconfortait : c'en était fini de la mouise. A jamais !

Bientôt, l'envie d'embrasser sa femme et ses enfants devint irrépressible, si bien qu'il prit, presque sur une jambe, le pas de course le plus misérable qu'un observateur ait jamais pu remarquer.

Cet observateur existait.

Il avait garé sa Triumph Acclaim blanche derrière une haie et s'appelait Huynh Bach Maï.

Certains, pourtant, le connaissaient sous le nom de « Vang » ou même « Fils de la Lumière ».

Couché au sommet d'un talus, la crosse d'un fusil à répétition F.R.F. 1 calée contre l'épaule, il observait, l'œil collé à la lunette de visée.

Sans hâte ni émoi : à cette distance, il n'avait jamais raté une cible, fût-elle mouvante.

Son travail, dans ce pays, se terminait par un immense succès qui allait faire faire un véritable bond à sa carrière. Peut-être même décrocherait-il enfin ces épaulettes de général qu'il pensait mériter depuis longtemps.

Une fois Leptke exécuté, il prendrait le premier avion et courrait embrasser sa femme et ses enfants.

Cette pensée, pourtant banale, le gêna terriblement car, simultanément, Leptke venait d'apparaître dans sa lunette de visée.

Et, précisément, il semblait que lui aussi courait vers...

Huynh Bach Maï bloqua sa respiration ct visa l'œil gauche de Leptke.

Aussitôt, des bouffées de pitié le submergèrent.

Il pensa au commando fringant qu'il avait vu débarquer, à la jumelle, dans les souterrains du Chinatown. Il pensa à tous ces types morts...

Et au Leptke athlétique, impérial, qu'il avait vu ici même soulever des souches de cent kilos.

Révolutionnaire chevronné, il balaya ces pensées, bloqua sa respiration...

Et se sentit vulnérable, perméable à des sentiments qu'il n'avait jamais éprouvés. Il songea aussi qu'il était trop vieux pour de telles missions, qu'il devait profiter de ce succès pour solliciter un emploi de bureau.

Mais avant, il devait tuer Leptke, tuer ce type pantelant qui se traînait vers son terrier.

Il l'observa, à nouveau, presque malgré lui.

Il ne restait plus grand-chose de l'homme qui avait réussi l'impossible opération Brouillard d'Automne. Son visage, en sang, était entaillé d'horribles coupures probablement faites à l'arme blanche. Son front, malgré la froideur de l'aube, ruisselait de sueur.

Son uniforme ensanglanté, déchiré, taché, lui donnait l'aspect de ces soldats vaincus que Maï avait si souvent vus pendant la guerre de libération nationale.

Leptke passa devant lui sans le voir et Huynh Bach Maï eut un haut-le-cœur : de toute sa vie de soldat et de révolutionnaire, il n'avait jamais vu un dos dans cet état-là. Une cinquantaine de coups de rasoir semblaient l'avoir grillagé, mêlant les chairs à vif et les lambeaux d'uniforme bleu marine.

Il avala sa salive.

On ne lui avait jamais rien demandé d'aussi difficile ! Abattre cette plaie ambulante qui se traînait jusque chez lui...

Mais nul ne le lui demandait, au fait ?

Si : lui-même ! Sa conscience du travail bien fait. Sa conception léniniste de l'exécution des tâches confiées par la Révolution pour la réalisation du Socialisme.

Dans un sursaut, Huynh Bach Maï visa de nouveau, juste entre les omoplates.

De dos, dans ce dos meurtri, ce serait plus facile.

Il eut la certitude que plus rien au monde ne l'empêcherait de tirer.

Rien.

Sauf qu'un gros camion Dodge venait de freiner et de s'arrêter de biais à une cinquantaine de mètres de Leptke.

Sauf que tout cela le dépassait, ces deux portières qui s'ouvraient à la volée, cette femme et cette marmaille... Oui, ces trois adorables petits métis dont un tout petit garçon habillé en marin qui sautait de joie, tapait des mains et hurlait : « Papa ! »

Maï, une boule pas tellement léniniste bloquant sa gorge très vaguement communiste, vit, à travers sa lunette de visée qui se brouillait devant ses yeux embués, cette espèce de grand diable noir de Leptke qui, oubliant ses blessures et sa fatigue, courait, les bras dressés en V, au moins aussi vite que Jesse Owens.

Secouant la tête d'un air désapprobateur, ou qu'il aurait voulu tel, Huynh Bach Maï, colonel des services spéciaux, baissa le canon de son fusil, déverrouilla la culasse et ôta le chargeur.

Puisque nul ne l'obligeait à abattre Leptke, puisqu'il ne s'agissait pas d'une nécessité politique et que la décision lui appartenait, il décida de s'en remettre à la leçon dispensée par une célèbre brochure de Staline intitulée *L'Homme, ce capital le plus précieux.*

Un classique.

Juillet 1984.

Ouvrages de Frédéric H. Fajardie (suite).

NOUVELLES

Perdre la pause (La Table Ronde).
La Lorette hallucinée (La Table Ronde).
Egérie légère (La Table Ronde).
Retour à Zlin (Les Belles Lettres/Poche).
Cendres et sang (Ed. du Rocher).
Le Loup par les oreilles (Ed. du Rocher).
Un dimanche anglais (Ed. du Rocher).
La Colline de cristal (NéO), épuisé.
La Mare du petit malheur (NéO), épuisé.
Speakeasy (NéO), épuisé.
Mort d'un lapin urbain (NéO), épuisé.
La Nébuleuse du Nord (NéO), épuisé.
Mélodie Bleu nuit (NéO), épuisé.
L'Homme de Berlin (NéO), épuisé.
Mélancolie pour chevau-léger (NéO), épuisé.
Poussière d'éternité (Messidor), épuisé.

ESSAI

Chronique d'une liquidation politique (La Table Ronde).

SUR FRÉDÉRIC H. FAJARDIE

Frédéric H. Fajardie, par Jérôme Leroy, Ed. du Rocher, coll. « Domaine Français », 1994.

LA PETITE VERMILLON

1.	Adrien Baillet	*Vie de M. Descartes*
2.	Jean Freustié	*Auteuil*
3.	Ernst Jünger	*La Paix*
4.	Jean Lorrain	*Monsieur de Phocas*
5.	Frédéric H. Fajardie	*La Nuit des Chats bottés*
6.	Michel Déon	*Les Gens de la nuit*
7.	Henry Jean-Marie Levet	*Cartes postales*
8.	Antoine Blondin	*Certificats d'études*
9.	Eugène d'Auriac	*D'Artagnan*
10.	Ernst Jünger	*Voyage atlantique*
11.	La Rochefoucauld	*Mémoires*
12.	Madame de Lafayette	*La Princesse de Montpensier*
13.	Jean-Claude Pirotte	*Un été dans la combe*
14.	Richard Millet	*Le Sentiment de la langue*
15.	Barbey d'Aurevilly	*Memoranda*
16.	Frédéric H. Fajardie	*Tueurs de flics*
17.	Tarjei Vesaas	*Le Vent du nord*
18.	Gabriel Matzneff	*Nous n'irons plus au Luxembourg*
19.	Arnould de Liedekerke	*Talon rouge*
20.	Paul Valéry	*Vues*
21.	Henri Garcia	*Les Contes du rugby*
22.	Denis Lalanne	*Le Grand Combat du XV de France*
23.	Gabriele D'Annunzio	*L'Innocent*
24.	Jean Racine	*Abrégé de l'Histoire de Port-Royal*
25.	Louis Chadourne	*Le Pot au noir*
26.	Marc Chadourne	*Vasco*
27.	Gilberte Pascal	*La Vie de M. Pascal*

28. Robert Louis Stevenson — *Ceux de Falesa*
29. Robert Marteau — *Fleuve sans fin*
30. François Mauriac — *La Rencontre avec Barrès*
31. Alexandre Dumas — *Antony*
32. Pol Vandromme — *Le Monde de Tintin*
33. Paul Bourget — *Le Disciple*
34. Marguerite de Navarre — *Trois Contes*
35. Paul Gauguin — *Avant et Après*
36. Gabriel Matzneff — *Le Taureau de Phalaris*
37. Alexandre Dumas — *La Jeunesse des Mousquetaires*
38. Jacques Ellul — *Exégèse des nouveaux lieux communs*
39. Alphonse Allais — *La Vie drôle*
40. André Fraigneau — *Le Livre de raison d'un roi fou*
41. Jean de La Fontaine — *Poésies et œuvres diverses*
42. Paul Vidal de La Blache — *Tableau de la géographie de la France*
43. Henry de Montherlant — *Carnets*
44. Alexandre Micha — *Fabliaux du Moyen Age*
45. Roger Judrin — *Boussoles*
46. Françoise Joukovsky — *Images de la femme au XVIe siècle*
47. Dominique de Roux — *Immédiatement*
48. Frédéric H. Fajardie — *La Théorie du 1 %*
49. Cyrano de Bergerac — *La Mort d'Agrippine*
50. Frédéric H. Fajardie — *Le Souffle court*
51. Sylvia Plath — *Le jour où Mr. Prescott est mort*
52. Jacques Chardonne — *Romanesques*
53. Boris Pahor — *Pèlerin parmi les ombres*
54. Jude Stéfan — *Chroniques catoniques*
55. Félicien Marceau — *Chasseneuil*
56. Emmanuel Bove — *Un homme qui savait*
57. Yves Martin — *Le Partisan. Le Marcheur*

58. Antoine Blondin	*Sur le Tour de France*
59. Pierre Benoit	*Erromango*
60. Jean Anouilh	*Œdipe ou le Roi boiteux*
61. Frédéric H. Fajardie	*Polichinelle mouillé*
62. Stendhal	*Notes d'un dilettante*
63. Victor Hugo	*Torquemada*
64. Gabriel Matzneff	*Le Carnet arabe*
65. Guez de Balzac	*Le Prince*
66. Francis Carco	*Le Roman de François Villon*
67. Gustave Lanson	*L'Art de la prose*
68. Erckmann-Chatrian	*Histoire d'un conscrit de 1813*
69. Pol Vandromme	*Georges Brassens, le petit père*
70. Jack Kerouac	*Avant la route*
71. Sylvia Plath	*Carnets intimes*
72. Frédéric H. Fajardie	*Au-dessus de l'arc-en-ciel*
73. Jean-Claude Pirotte	*La Légende des petits matins*
74. Léon Bloy	*Le Désespéré*
75. Denis Tillinac	*Spleen en Corrèze*
76. Julie de Lespinasse	*Lettres*
77. Nicolaïevski & Mænchen-Helfen	*La Vie de Karl Marx*
78. Alphonse Allais	*Le Captain Cap*
79. Charles Baudelaire	*Les Fleurs du mal*
80. William Shakespeare	*Trois Comédies*
81. Molly Keane	*Un beau mariage*
82. Jean Anouilh	*Médée*
83. Frédéric H. Fajardie	*Brouillard d'automne*

CET OUVRAGE A ÉTÉ ACHEVÉ D'IMPRIMER SUR ROTO-PAGE PAR L'IMPRIMERIE FLOCH À MAYENNE EN NOVEMBRE 1997, POUR LE COMPTE DES ÉDITIONS DE LA TABLE RONDE.

Dépôt légal : décembre 1997.
Numéro d'édition : 2977.
Numéro d'impression : 42546.

Imprimé en France.